启真馆 出品

Complete Poems 1930—1950

艰难之活

切萨雷·帕韦泽诗全集

［意］切萨雷·帕韦泽 著　江鑫鑫 译

CESARE　PAVESE

ZHEJIANG UNIVERSITY PRESS
浙江大学出版社

目录

艰难之活 (1943)

不满之诗

最后的忧伤

组诗一：土地与死亡

译序

一

　　1908 年 9 月 9 日，在意大利库内奥省圣斯特凡诺山区的贝尔博山谷里，都灵法庭的书记员欧吉尼奥·帕韦泽迎来了期盼已久的儿子。欧吉尼奥给儿子取名为 Cesare，和恺撒大帝同名，他希望这个儿子将来有所成就，也能够像他一样在政府部门工作。欧吉尼奥出生在斯特凡诺山谷，他对这片土地的感情是深厚的，他的这种感情也影响了他的儿子，因此成年之后的切萨雷·帕韦泽无论在哪里学习工作，每年暑假都会回到这里。这里是他的根，是他一切文学灵感的发源地。童年的帕韦泽非常向往大城市的生活，他对大城市充满了无尽的渴望，因为父亲总是向他讲述在都灵工作的经历。切萨雷 6 岁时，父亲因病去世，这给幼小的帕韦泽以沉重的打击。他的童年就在那时结束了。也就是在那时孤独开始降临到他的身上，直到他死的那一天仍没有消散。随着父亲过早离世，家境一天天变差，母亲心情变得糟糕起来，几乎不怎么过问孩子们的生活。帕韦泽和大他几岁的姐姐相依为命，他的性格越来越深沉。

后来他到离家不远的都灵市一所名叫达泽利奥的高等专科学校读书，老师是著名的作家和教育家奥古斯托·蒙蒂。蒙蒂的写作风格淳朴自然，较少运用过多的修辞，这在一定程度上也影响了帕韦泽的写作。在蒙蒂的熏陶和影响下，帕韦泽爱上了文学，他发现他可以用这种东西来表达那些他无法向别人诉说的孤独。这位未来的诗人后来把他最得意的诗作《南方的海》题献给这位可敬的师长。

都灵对帕韦泽而言意义重大，这座城市是他童年时就向往的地方，都灵之于帕韦泽犹如都柏林之于乔伊斯，帕韦泽的那些关于城市当中的迷惘者的故事，大都发生在这座城市。可以说是都灵塑造了帕韦泽，在这座城市他由一个懵懂少年变成一个满腔热血的青年。

二

20世纪20年代的意大利文坛死气沉沉，已经远远落后于世界文学的脚步。大多数作家和读者都沉迷于意大利古典文学之中，认为本国的文学是最好的，别人都应该学意大利文学，自己绝不学别人。作为一个年轻的文学爱好者，帕韦泽不同于他的大学同学，疯狂地迷恋上了英语文学，尤其是新兴的美国文学。他后来翻译了大量英文作品，其中既有笛福、狄更斯和麦尔维尔的古典派作品，也有乔伊斯、福克纳和海明威的现代派作品。通过麦尔维尔这位长期被美国文学界忽视的天才，帕韦泽找到了他自己的声音与节奏。在他后来的那些小说中，麦尔维尔的影响时时可见。

帕韦泽翻译的许多作品，在意大利文学界产生了巨大的影响，他翻译的《白鲸》至今仍是广受赞誉的版本。大多数意大利读者通过帕韦泽的翻译才第一次认识乔伊斯、格特鲁德·斯坦因、福克纳、海明威、舍伍德·安德森、多斯·帕索斯、斯坦贝克和辛克莱·刘易斯。他的译作深深影响了意大利的一代青年作家，例如莫拉维亚和卡尔维诺，在莫拉维亚的文风当中可见到美国文学的巨大影响。卡尔维诺更是视帕韦泽为精神导师，在帕韦泽死后不遗余力向全世界推广帕韦泽的作品，可以说，法国的帕韦泽热有卡尔维诺的巨大功劳。卡尔维诺在《为什么读经典》和《巴黎隐士》里都写到了帕韦泽。在《通往蜂巢的小路》的序言中，卡尔维诺写道："帕韦泽很快就理解我了，他光看《通往蜂巢的小路》就可以猜出我所有的文学喜好。帕韦泽是第一个指出拙作具有童话质素的人；而我本来还不了解自己作品的特性，后来才大彻大悟，之后便试图实现他对我的定义。"

帕韦泽在大学时的导师是著名的俄罗斯文学专家和文学评论家莱奥内·金兹伯格，他的师母是著名的作家纳塔丽雅·金兹伯格，而导师的儿子则是未来的历史学家卡尔洛·金兹伯格。帕韦泽经常去这个文化气息浓厚的家庭，并成了金兹伯格家的第四名成员，他们时常在饭桌上交谈关于文学、生活和政治的看法。纳塔丽雅·金兹伯格后来在回忆录中这样描述帕韦泽："在我们看来，他身上总是带着男孩似的悲伤，带着男孩似的忧郁，像一个孩子那样激动和恍惚，总是准备着迎接死亡的来临，他一直游移在枯燥的生活里，满是对这个孤独世界的梦想。"

帕韦泽 22 岁所写的博士论文是关于沃尔特·惠特曼诗歌艺术的，他和 20 世纪另一位伟大的诗人佩索阿一样，都看到惠特曼的那种困境：生活在世俗的周围，要么被同化，要么被孤立。他们不是想沉迷于自己的世界，而是要创造一个属于自己的世界，他们和他们的精神导师惠特曼都做到了。和他崇拜的惠特曼一样，帕韦泽也迷恋肉体，尤其喜欢在诗中描写女人的身体和性爱场面。如果说惠特曼喜欢把女人比作风雷雨电，在帕韦泽的眼中，女人则是一座雕塑，一个陶罐。性爱对于帕韦泽来说更像一场祭祀活动，男人和女人在这个过程中达到了神的状态，性爱成为一种神启时刻。

三

20世纪30年代法西斯主义在意大利蔓延开来，帕韦泽有感于这种形势，参加了反法西斯同盟，并和许多反法西斯活动的领导频繁地通信。在一次反法西斯同盟的集会上他结识了蒂娜·皮萨多，两个人的志趣和爱好十分相同，他们在交流文学和政治的看法，在不知不觉中，他们发现爱上了对方。他们憧憬着未来的美好生活，这可以说是帕韦泽人生当中最美好的时光，他在后来的那些苦闷岁月里常常靠着回忆这段时光来战胜那些负面的东西。他曾在日记中写道："我们回忆的不是某年某月，而是幸福的每一个瞬间。"可是不久发生的事结束了这一切。

帕韦泽没有想到，和一位政治犯的通信会让他成为一个政治犯，正如陀思妥耶夫斯基没有想到他会因为参加一个文学讨论小组就被流放一样。帕韦泽被抓捕了，罪名是与政治犯通信。他先被判处三年的监禁，后改判十个月的流放，被流放至意大利南部卡拉布里亚地区的布兰卡莱奥内村的劳改监狱。这座监狱建在海边，后来帕韦泽在他的诗中写到这座监狱就像一个海鲜市场，早上是鱼腥味，晚上则是鱼臭味。同时被流放至此的还有著名记者卡尔洛·莱维，后来在他著名的报告文学《基督不到的地方》中写了这里的故事。帕韦泽在狱中写了大量作品，后来都收入了他的第一部诗集《艰难之活》，这部诗集也给他以后的创作定下了孤独的基调。

出狱之后帕韦泽回到了都灵，在朱里奥·埃诺迪出版社从事编辑工作。但生活却给了他一个沉重的打击，他深爱的蒂娜·皮萨多在他监禁期间已经嫁给了别人，这几乎摧毁了他，在他未来面临生与死的抉择之时仍难忘情。

在诗集《艰难之活》1943年的版本中帕韦泽附录了两篇谈论诗歌的文章：《诗人的职业》和《论还没有写完的一些诗》。在这两篇文章中，帕韦泽谈论他构思诗歌的想法和对未来诗歌发展的一些探索。他说他的诗歌是一种"叙事性诗歌"，在他的诗中尽量避免过多的心理描述。他认为诗歌内容应该清晰、明确，通过对客观事物的描绘揭示生活的本质。但他过了没多久就发现，这样的表述是乏味的，因此他暂时放弃了诗歌的创作，转向了小说。

出现于帕韦泽的前期小说中的人物总是那些初来城市的乡下人，他们中有渴望着美好爱情的年轻姑娘，希望在城市中取得成功的穷学生。从乡下来到城市，他们感到孤独和无助，在城市里迷失了自己。在发表于1947年的小说《同志》中，帕韦泽借书中的人物提出了一个问题：到底应该采取什么样的生活态度，才能够主宰自己的命运，摆脱孤独的折磨，抵达幸福的终点？帕韦泽试图表达一种情绪上的困境，当时他正夹在两种情绪之间：一方面懊悔自己没有加入战斗；另一方面又想真诚辩解自己为何拒绝加入。在小说《山上的小屋》的最后一页，他写道："每一位罹难者和每一位幸存者都很相像；罹难者问幸存者，凭什么是我死你活？"对现实生活的厌倦，希望回到无忧无虑的童年时光，所有追求幸福生活的努力化为泡影——这些主题可以在帕韦泽的所有小说中找到。他的小说总是充满了对过往生活的回忆，象征和隐喻是他的小说反复运用的手法。他所有的小说总是自传式，可以说那些小说中的人物的想法与感受就是他自己的想法与感受。他小说中的人物总在探讨怎么生活才有价值，一个人究竟该为谁而活，又为什么而活。

他在1949年发表了三部内容不同却有精神上联系的中篇小说：《美好的夏天》、《群山中的魔鬼》和《在单身女人们中间》。在这三部小说中，帕韦泽展现了不同于前期小说的主题，小说中的人物不再是懵懂的少男少女，他们过着及时行乐醉生梦死的生活。人物也变得放纵，纵欲而没有感情。他们的生活没有任何目标和方向。在《在单身女人们中间》中，帕韦泽借书中的人物说道："从今以后，除了自己，绝不能爱任何人。一个人如果不能自救，那么，任何人也挽救不了他。"

在他最后也是最好的小说《月亮与篝火》中，一个年近花甲的老人从美国回到意大利的故乡，虽然他在美国发了财，可这丝毫不能缓解他对故乡的那份眷恋之情。可当他回到故乡，却发现这里的一切都已物是人非，他只能在回忆里找寻故乡，他开始悔恨当初为什么要离开家乡，错过了人生最好的时光。

在写作小说的同时，帕韦泽没有忘记翻译，他开始指导青年翻译家费尔南达·皮瓦诺，送给她一本埃德加·李·马斯特斯的诗集《匙河集》。后来皮瓦诺把这本诗集翻译成了意大利语，可以说，是帕韦泽把皮瓦诺引上了文学翻译的道路，因此才有这位20世纪下半叶意大利最伟大的英语翻译家，她翻译的大量的英美当代文学作品极大促进了意大利文学的发展。

在编辑工作中，帕韦泽首次将弗罗伊德、荣格、涂尔干以及其他一些欧洲重要思想家的著作引进意大利，促进了意大利文化的繁荣。

四

1950 年 8 月 27 日，在离 42 岁生日还有两个星期的时候，帕韦泽被发现死在他住的都灵的旅店里，他服下了过量的安眠药。在那之前他曾尝试过用枪打死自己，可最终他选择了这么一种方式。自杀的种子在他 18 岁目睹一位同学的自杀后就已种在了他的体内。在他身边放着的遗书写道："我原谅了每一个人，也请每一个人原谅我，是的，请你们不要过多地议论我。"在死后才被出版的日记中，他写道："当你弱点暴露时，他或她没有利用你的弱点而使自己变得更强，你便得到爱。"帕韦泽死亡的原因很复杂，既有心理上的，也有生理上的，帕韦泽一直饱受忧郁症的困扰。

1949 年他结识了到意大利拍片的美国女明星康斯坦丝·道灵，两人迅速坠入了爱河。对于道灵来说，这位忧郁的意大利男人和她以往结交的那些油头粉面的好莱坞人士是那样的不同，这位痴情的诗人能够写出美妙的诗篇来讨她的欢心，可她知道，她不会愿意和这样的男人过一辈子。在恋爱一年后，他们决定分手。之后帕韦泽写了他最凄美惊艳的一组诗《死神将会来临，取走你的眼睛》。在这组诗中，他回忆了他的感情生活，对美好爱情的向往，以及那些恋人对他无情的抛弃。和道灵的恋爱失败，是帕韦泽自杀的诱因之一，但接下来发生的事点燃了这个诱因。

在死亡临近的那一年，帕韦泽的文学声望也抵达了顶峰，1950年6月24日，他获得了意大利文学界的最高荣誉——斯特雷加文学奖。他在日记中写道："这是我最伟大的一次演出。"他非常高兴自己能获得这个奖，他觉得这个奖能够挽回离去的恋人，在1938年给朋友的一封信中他写道："我极其渴望爱情和社会的认可。"现在他得到社会的认可了，他希望社会认可能够换回一段美好的爱情。

如果说当初的那个无名小卒帕韦泽得不到女人们的欢心的话，那么如今他被赞誉为在世最伟大的两位意大利作家之一（另一个是蒙塔莱），他是意大利文学的帝王了，那些女人不是唾手可得了吗？可是他错了，因为他爱的那位是美国女明星，在一个美国女明星的眼里，他只是一个普通的意大利诗人。可惜他爱上的不是梦露，作为乔伊斯的意大利文译者，他和最喜欢读《尤利西斯》的梦露小姐一定有更多共同语言，何况他们都是狂热的爱情至上者。

所有报道他获文学奖的新闻无一例外更关注他和美国女明星的恋情，津津乐道于对他们分手原因的种种猜测。帕韦泽没有想到大家更关注他的绯闻，而不是他文学上的成就。在帕韦泽自杀后，蒙塔莱等人都撰文指出是那些没有道德的小报记者促成了他的死亡。因为帕韦泽不是一个娱乐明星，他不知道如何承受那些非议。在日记中，他写道："我们自己选择痛苦便是对痛苦的唯一反抗……进行我们自己的创作和选择，这便是我们消除痛苦的办法。"

在死前五天他给卡尔维诺的一封信中，他写道："您在我书中发现的那种对过去平静生活的回忆和思恋，是以我清苦的一生为代价而换得的，为此，今天我晕倒在地上了。"在帕韦泽临自杀前，他给最初的恋人蒂娜·皮萨多打了一个电话，和她告别，然后在日记上写了最后一句话："关于艺术，我没有什么要说的了。"

五

帕韦泽离开了人世，但人们没有遗忘他，家乡为了纪念这位大作家，专门设立了切萨雷·帕韦泽文学奖。

帕韦泽的死也使卡尔维诺的写作风格发生了巨大转变。在此之前，卡尔维诺是个现实主义的作家，此后他的风格开始向后现代和实验转变。在帕韦泽逝世十周年时，卡尔维诺发表了纪念文章《关于帕韦泽：生平与事业》，他写道："关于帕韦泽的极端行为有太多的议论，而对于他和那些试图控制他自身的恶劣情绪的斗争却鲜有人提起。而正是这种如火炉中的一团火般的抵抗精神让他活着。"后来一位俄罗斯诗人在一首诗中引用了他最后的诗作《死神将会来临，取走你的眼睛》，这位诗人就是布罗茨基。我想布罗茨基生活在意大利的时候，一定不止一次去过帕韦泽的家乡，凭吊这位卓越的意大利同行。他的作品被一位匈牙利的年轻文学爱好者读到，并让这位文学青年产生了学习意大利语的念头，这位匈牙利青年后来成为著名作家，并获得了诺贝尔文学奖，他叫凯尔泰斯。

六

帕韦泽诗全集包含作者生前出版的两版《艰难之活》，分别是 1936 年的首版和 1943 年的增补再版，以及作者死后，他的朋友卡尔维诺等人从报纸杂志和作者的遗稿笔记搜集整理而成的两本诗集，即《不满之诗》和《最后的忧伤》。

诗全集的目录排序依照发表顺序，所以像《风景（四）》虽然写作在前，但由于发表在后，在诗集中排在《风景（五）》之后；与此相似的例子是两首《艰难之活》，作者在首版和增补版均没有收入《艰难之活（一）》，所以《艰难之活（一）》虽然写作在前，却列在《不满之诗》的集子里。

要谈论帕韦泽的诗，先得提一下两位对帕韦泽的诗风影响巨大的诗人，一位是他的意大利前辈——诗人戈扎诺，一位是美国芝加哥诗派的代表诗人埃德加·李·马斯特斯。尤其是后者，马斯特斯的诗集《匙河集》曾是帕韦泽多年随身携带的诗集，后来由帕韦泽的弟子皮瓦诺译成意大利文。帕韦泽本人是舍伍德·安德森小说的意大利文译者，安德森的小说《小城畸人》对他的影响可以预见，而有诗歌版《小城畸人》之称的《匙河集》对他的影响无疑更加不可估量。帕韦泽与他喜欢的美国诗人埃德加·李·马斯特斯相呼应，马斯特斯在大城市芝加哥怀念故乡小镇匙河，帕韦泽在大城市都灵怀念山间小村。两人的诗都以描写小人物的命运挣扎为主，两人都堪称城市里的田园诗人。

作为诗集《艰难之活》的开卷之诗——《南方的海》是诗集的诗眼，在此之前，帕韦泽也写了不少诗作，可是都不满意，而终于在这首诗中他找到了属于自己的调子，开启了自己的诗人之路。西班牙小说家蒙塔尔万曾以此为题写过一篇长篇小说；此诗也是诗人自己比较满意的作品，同时也是他最长的一首诗。在这首诗里，他以一个众人眼中不务正业的表哥满世界闯荡的情节来表达自己对生活与世界的感悟；而诗中那个仰望表哥的孩子，在长大以后，重蹈了表哥的覆辙，这也是《月亮与篝火》所要讲述的故事。

在《南方的海》中写到"我们的祖先必定是一个孤独而沉默的人"，于是下一首诗就是《祖先》。《祖先》一诗中，诗人描述了大男子主义的家族传统，暗讽家族对女性成员的忽视。

帕韦泽有不少诗是以堕落女人为主题，以应召女郎德奥拉为题的就有两首，分别是《德奥拉的感想》和《德奥拉的回转》。帕韦泽通过对细节的描写，来阐明自己对这个女人的同情之心。例如在《德奥拉的感想》中，通过德奥拉喝咖啡时的各种感想来表述，作为一个应召女郎也有普通人的情感诉求。

在帕韦泽那些有关爱情的诗篇中，都与他本人失败的爱情经历有着不小的联系，于是在《给女朋友的信》中，我们读到一对各怀心事的男女朋友。在读完《女教师》全诗后，我们领悟到作者所要告诉我们的是，女人无论年轻与年老，都是男人在爱情方面的教师。

诗人诞生于童年，诗人到死都是长不大的孩子。在《当我年少时》和《凡间》中，作者以孩子的视角来展开诗行，悼念起逝去的童年时光和青春。

帕韦泽有不少同题诗，以《风景》为题就有九首。在九首《风景》为题的诗中，风景却不是焦点，风景中的人才是焦点，景中之人的所思所想才是重点。

在一系列以情绪的变换为主题的诗，如《冷淡》《妒忌（一）》《妒忌（二）》《悲伤的晚餐》《悲伤的酒（一）》和《悲伤的酒（二）》中，帕韦泽表达了生活中各种负面的情绪是如何影响自身生活的，而这在某种程度上预示了他的自杀。

帕韦泽的不少诗都会牵连出另外一首诗出来。例如《作者画像》与《地中海》都是作者以本尊身份出来表述自我；《风景（一）》里提到隐士，于是紧挨的下一首就是《远离人群》。帕韦泽还有许多表现乡下农民的诗篇，例如在《城郊》中，描写了一对乡下父子去城里卖葡萄，却因炎热被困于城郊的故事，我们可以想象，作者本人可能就有过这样的经历，要不然不会写得如此生动。而紧挨着《城郊》的下一首，就是一个城漂族盖拉的故事，作为一个乡下姑娘，在城里受尽各种煎熬，在返乡的火车上，开始各种遐想，而这个姑娘的心境，也是帕韦泽本人的写照。

在帕韦泽的诗中，有大量关于葡萄园的描写，摘葡萄的女孩，在葡萄园里做苟且之事等等，可以说葡萄园成为帕韦泽的一个标志性意象。

因为参加过意大利共产党的关系，帕韦泽曾被意大利法西斯政府关押并流放过，所以诗集中有不少是与监狱和流放生活有关的，例如《政治犯》《庞齐奥·雷亚莱》《卑贱》等。也正因为有这样的经历，还有不少诗作是写意大利反法西斯游击队的，如《起义》《熟睡的朋友》等。

他的诗与他的小说之间有着密切的关系，都充满忧伤与怀旧的调子，都有一类以老男人感怀时光流逝、好年华不在为主题，诗的代表是《本能》和《尤利西斯》。

他还有一类是表现工人生活的诗，如《失业》《挖沙工的黄昏》等，在这些诗中，帕韦泽不但用大量的篇幅来描写工作状态，还描述工人的各种欲望。

《最后的忧伤》是和前三本诗集不同的诗集。首先诗集中许多诗没有题目，大多数都是把诗的第一句提为题目。诗集又分为三组诗，在三组诗中，帕韦泽不但缅怀逝去的时光，歌颂脚下的大地，还思念离开人世的朋友，痛惜自己的爱情。

正是因为帕韦泽的许多诗都互相有着千丝万缕的联系，所以要试着了解或接近这个诗人，必须要读他的诗全集。

七

2010 年是帕韦泽逝世 60 周年，当卡尔维诺和艾柯横扫中国读书界，连布扎蒂都有四五本书翻译成了中文时，他在中国的译介情况是可怜的。只有吕同六译的六首和钱鸿嘉译的四首，还有就是台湾的李魁贤从英文转译了二十几首。

翻译帕韦泽是一个痛苦而甜蜜的过程，我时常被他的那些古怪的象征折磨得不行，但每翻译完一首，我都会产生一种奇异的成就感。

在翻译过程中，我参考了不少书籍、文章和译作，谨向这些作者和译者致敬：伊泰洛·卡尔维诺、纳塔丽雅·金兹伯格、杰弗里·布洛克，玛格丽特·卡罗斯兰德、R.W.弗林特、威廉·阿罗史密斯、吕同六、钱鸿嘉、刘凤华和李魁贤。

艰难之活

（1936）

南方的海

给蒙蒂

那晚，我们默不作声地走上了
山坡。在暮色的映照下
我的表哥就像一个穿着白衣的巨人，
散漫地走着，他的脸被太阳晒成古铜色，
我们都不说话。我们都有沉默的天赋。
我们的祖先必定是一个孤独而沉默的人——
他被那些或愚蠢或疯狂的老废物包围着——
他把这种沉默的本领遗传给后代子孙。

这晚，他说话了。他问我是否愿意和他一起
爬到山顶：从那里你可以看到一切，
远处的一切，在晴朗的夜晚，你甚至能看到
都灵的夜景。"你应该住在都灵，"他说，
"你应该有这样的梦想。生活就应该是这样，

离开这里：去赚一些钱，开心地玩，

然后，和我一样在四十岁时归来，

你会发现世界是崭新的。这些山一直等待着你。"

他告诉我的这些，不是用标准的意大利语，

而是缓慢地用家乡的方言说着，这种语言像

这山上的石头一般坚硬和粗糙。

二十年的离乡背井没有让他的乡音

改变多少。他爬上陡峭的山崖

带着一种泰然自若的表情，在我小时候我曾

在那些辛劳的农民的脸上看到过这种表情。

二十年来，他环游世界。

他离开家的时候我刚来到人世，

那时，大家猜他会死在外面。过后，那些女人

有时会谈起他，仿佛是在谈论一个神话。

而男人们通常会更直接地遗忘他。

有一年冬天先父收到一张预祝

丰收的明信片，贴着一枚印着

船舶入港的绿色大邮票，这是一个惊喜，

而我这个男孩，已经长大，兴奋地对大家说着

这明信片寄自一个叫塔斯马尼亚的地方，

那里环绕着蓝蓝的海水，鲨鱼成群，

在太平洋中，在澳洲的南部。我又说道，表哥一定

在搜寻着海里的珍珠。我揭下邮票，珍藏起来。

大家开始议论纷纷，但最终一致认为

如果表哥还没死的话，他也活不长了。

事后，他们又再次遗忘了他，许多年过去了。

啊，多少时光就这样流逝了，那时

我们还曾扮演过马来海盗。那时我

最后一次去深水区里游泳，

那时我在树下追逐着一个玩伴，

我用折断的树枝弄破了他的头，

并因此挨了一顿打——

生活就这样过去了。另外的日子，另外的游戏中，

另一些对手的血在说不清楚的

冲突中喷洒：同时生出模糊的思维与梦想。

城市给了我无限的恐惧：

人群或街道都让我害怕，

有时甚至一张迷惘的脸都让我慌张。

我还看到那么多的路灯射出愚弄的光芒

照耀在那些被践踏者的身上。

战后，我的表哥，幸存下来，回到了家，

他是少数几个离家能回来的。现在他有钱了。

他的父母嘟囔道："一年，最多一年，

他就会挥霍完，然后再次离开。

继续他那四海为家的生活，直到他死的那一天。"

我的表哥愤愤不平。他在镇上买了

一间门面，开了一个汽车修理厂

门口散放着闪着红光的气泵

在桥上的最高处，他摆了一块大招牌。

然后，他雇了一名技师给他干活兼收钱，

他自己却抽着烟在山上散着步。

与此同时，他结婚了。他娶了个苗条的

金发女郎，她像那些电影中的女人，

他一定在他的环游中偶然遇到过她们。

但他仍然是一个人出门。穿着白衣，

双手紧握在身后，让阳光把他的脸晒成古铜，

他经常去早晨的集市，带着精明

和马贩子讨价还价。当他的计划落空

以后他说明了一切，他原想

把山谷里所有的牛马牲畜都买下来，

这样他就能向大家推广使用他的农用机械。

"但我真是笨驴，"他说，

"以为梦想可以实现。但是我忘了这些人的

脑子都不怎么转圈就像他们养的牛一样。"

我们已经走了将近一个小时。已经接近山顶

风开始在我们四周呼啸盘旋着。

表哥突然停下，转身说道："今年

我要做个广告：圣斯特凡诺的

节日庆典始终是贝尔博山谷中

最棒的，甚至卡内利[1]的那些家伙都必然会

承认这一点。"说完，他又迈步走起来。

我们被黑暗笼罩着，风中弥漫着尘土的气息

远处有些许灯光：农场里和听不到

发动机响的汽车发出的灯光。而我想到

这个男人鼓舞了我，那些伤痕得自海上

得自异国他乡，得自无尽的沉默。

表哥从不提起那些他去过的地方。

他只会轻描淡写地说他去过这里去过那里，

1　意大利地名。

那时他只想着他的那些机器。

只有一个梦想

他用一生追求着：有一次，他在

一艘荷兰捕鲸船上当司炉，

他看到重型鱼叉在阳光下射出

那些被射中的鲸鱼冒着血泡，四散奔逃

船紧追着，射出鱼钩，鱼挣扎着，船和鱼

互不相让，他很喜欢讲述这些。

可是每当我对他说

他真幸运，能够看到太阳

从世界上最美丽的岛屿升起，

他笑着陷入了回忆，然后说，太阳升起的

时候，对他们来说，意味着一天的结束。

祖先

迷失于世界中，我到了反叛的年纪

爱向天空挥舞拳头，之后却独自哭泣。

偷听别的男女谈情说爱

自己却不知如何表白，这让人灰心。

但这些已经过去：我不再感到孤单，

即使我仍不知道如何表白，

也不再需要知道。寻找自我，我以自己为伴。

我知道在我出生之前我就生活在

稳重而成熟的男人堆里，他们是自己的上帝，

无人能够从容应对感情之事，一切都会归于沉寂。

一对兄弟开了家商店——造成家族的

第一次分裂。在外人眼里像一出

充满钩心斗角的女人争宠戏。

一个在工作时看小说，

和别人闲聊。当客户光临，

另一个爱理不理地应上几句，

这个没有那个也没有，没有糖，盐也没有，

你想买的东西都没有。之后他们

想解决危机，却无能为力，他们破产了。

这些大众式的想法让我感觉强壮

比对着镜子显露胸肌

或咧嘴苦笑更有意义。

我的一位先祖，很久以前，

被他的雇农欺骗，

到了夏天，只有他一人工作在葡萄园，

确保一切正常。这也是

我一直以来的生活准则，始终

谨言慎行，概不赊账。

在这个家族，女人是没有什么地位的

我的意思是，我们男人闯荡世界

女人待在家里，毫无怨言

毫无地位，我们不记得她们。

她们每个人都给这个家族添丁增血，

她们在这个过程中耗尽了自己，当我们家族

因为她们而延续之时，她们却在忍受不公。

我们的血液里流淌罪恶、恐怖和冲动——

我们男人堆里的一个自杀了。

但这是一个我们永远不会容许的耻辱：

我们决不让女人或任何人成为奴隶。

寻找志同道合的人们，我发现自己特有的领域

一个隐藏在内心深处的领域，那里可以

什么也不做，只幻想着未来。

因此对于我和我的家人来说，仅仅单兵作战是不够的；

我们还要知道如何打破陈规陋习，而我先祖们的

伟大梦想就是无所作为地活着。

我们全都是大山的孩子，长在这里，

没有女人，我们只能循规蹈矩地活着。

风景（一）

给波利

这儿，人迹罕至的山巅，只有蕨藤，

裸露的石头，和贫瘠的地表。

一片未开垦的处女地，焦枯的山顶上

只有呼吸的空气是清凉的。很难爬到

这上面：修道者在得道以前

曾经在上面一直待着。

他披过的羊皮，有一股

麝香味和烟味

如今摊在这里，周围是灌木丛和石窟。

如果他躲在阴凉处抽着烟

我就再也找不到他了，因为他的外表

和周围烧焦的植物一样。访客爬了上来，

满身大汗，累倒在岩石上，

看到他四腿张开，眼睛圆睁像是见到上帝，

深呼一口气。他升仙了：

稀疏的红胡子长在太阳熏黑的脸上。

他在户外拉的一泡屎被太阳晒干。

山坡和山谷都遍染绿色。

一群盛装的乡下姑娘

穿过葡萄藤下的小径，

欢快地赶着羊群在平地上跑来跑去。

有时会摘几篮水果，

但还没有到山顶：农民就跟在她们后面

喊她们回家，她们就弯下腰，藏在那些树叶间。

农民们有太多的事要做，不再去看修道者，

但还是会在劳作后爬上爬下。

当他们口渴时，就一饮而尽：

他们抬起眼睛看着烤焦的山顶。

在凉爽的早晨，他们会回来了，疲累地工作

到黎明时分，那时，如果一个乞丐经过，

他们会谈到，所有的泉水都将

在收获的季节喷涌而出。

他们坐在山脚下，脸被太阳晒黑

窃笑着那群女孩

说她们穿的衣服就像破羊皮。

远离人群

太多的海。我们见过太多的海。

天色已晚，潮水渐渐退去

进入暗淡的虚空，朋友凝视大海，

我凝望他，我们都不说话。

夜色弥漫，我们找了一家面海的酒馆，

岛笼罩在雾气中，我们对饮着，朋友谈起他做的梦

（有些单调，他梦到海潮轰鸣）

诸岛之间的海水倒映着

群山上的野生花卉和瀑布，如画般美。

这就是他的下酒菜。当他看着酒杯

他其实看到了绿色的群山从海面上升起。

关于山有太多的赞词，我让他谈谈对海的看法，

因为这海水如此清澈，能让你看到海底的石头。

我看着处在大地和天空之间的崇山峻岭

从远处或近处看，他们都有着固定的形态。

只有我眼前的路有些崎岖不平，灰色的条纹萦绕于

使人厌烦的葡萄树上。我的朋友却能接受这一切，

他希望这些山上满是野生的花果

并会愉快地发现比花果还要清纯的女孩。

没有必要为我可怜的梦放声大笑。

明天，如果我们更早地走上

这些群山，我们可能会遇到走在藤蔓间的

黑皮肤女孩，她们的皮肤被晒得很黑，

我们一边和她们聊天一边吃着葡萄。

德奥拉的感想

德奥拉坐在咖啡厅里度过早上，

没有人看她。每个人都抢着要上班，

晨光下的黎明空气仍然清新。此时德奥拉

不猎取任何人，她安详地抽烟，呼吸着

晨气。在过去的几年中，这时段，她还在用睡觉

来恢复体力：留在床上的

是士兵和工人的黑鞋印，

累死人的顾客。但现在，她单干，

这是不同的：工作改善了，而且更容易。

像昨天的绅士，比她醒得更早，

吻了她，带她（如果我能留一段时间，亲爱的，

在都灵我和你在一起）到车站

和他告别。

　　她今天上午很茫然，但清新的空气——

德奥拉喜欢它是免费的，喜欢喝着她的牛奶

吃奶油蛋卷。今天上午，她几乎是一个淑女，

如果现在她看任何人，只是为了打发时间。

女孩们还在房子里睡觉。空气太臭，

鸨母出去散步，待在那里是不理智的。

晚上去酒吧里工作，你必须好看；

在那个房里，到了三十岁，姿色稍减，你就得离开。

德奥拉坐着，侧对着镜子

看着在凉玻璃里的自己：脸色暗淡，

不是烟熏的；眉头紧锁。

为了在那所房子里生存，你需要一个意志

像玛蕊曾经有过的（因为，亲爱的，这些男人

来这里想得到的东西是他们不能在家里

从他们的妻子或爱人那里得到的）玛蕊经常

不倦地工作，保持愉悦和祈求身体健康。

经过咖啡馆的人都没有让德奥拉分心——

她只能晚上工作，慢慢被音乐征服，

在她平常待的酒吧。她会抛媚眼。

有的顾客，会边轻推一下脚，边欣赏乐队

这使她看起来像一个演员和一个年轻的百万富翁

在演爱情戏。每天晚上一个顾客

足以勉强度日。（也许，昨晚的绅士

真会让我跟他）一个人待着，如果她想，

在早晨。坐在一间咖啡厅里。不猎取任何人。

街头小调

为什么感到羞愧？当一个人服刑，
如果他们放他走，这是因为像其他
属于街头的人一样，在法律上他自由了。

从早到晚，我们徜徉在街道上
无论是雨天还是艳阳高照的晴天。
喜出望外地和街道上相遇的人叙旧
在我们谈话时，偶然碰见那些女孩。
兴奋地对等候在门口的女孩吹口哨，
在街上缠住她们，要带她们去看电影，
偷偷地抽点东西，让她们被你折服。
你还要快乐地把她们逗笑，
夜晚在床上，她们搂着你的脖子
把你推倒，这些清晨的胡思乱想

当一个出狱的人沐浴在新鲜的阳光里。

从早到晚在酒缸里打转

嘲笑着那些沉浸在自我世界里的行人

——连丑人也不放过——只感觉自己还在街上。

从早到晚一直醉哼着

遇到醉汉们，就开始长时间的讨论

如何去过足酒瘾。

所有这些人说着别人听不懂的话，

我们想要他们在晚上回到酒馆，

伴着我们的吉他

醉鬼舞动着，酒馆容不下

就跑到大门外，让酒气回荡在空气中——

外面可能天阴着在下雨。不要紧的

如果在这时的街道上没有漂亮女孩漫步：

我们中的一个会放声大笑

因为他也在今晚被释放，

我们将整个上午和他一起喧闹地歌唱。

两支烟

每晚都是自由的。你看到光反射

在肆虐着狂风的沥青路面上。

稀疏的行人都有一个有故事的面孔。

但是无人在这个夜晚感到疲累：成千上万的街灯

照亮着那些停下来翻找火柴的人。

微弱的火焰熄灭在那个

找火柴的女人面前。被风熄灭，

因此有点失望，她再找另一根。

也熄灭了，现在她轻轻地笑了。

我们可以在这里大声说话，我们可以喊：

没有人会听。我们把目光投向

所有漆黑的窗户——里面的人已经睡着——

我们继续等待。女人耸起她的肩膀

感叹地说，她鲜艳的围巾丢了，

那几乎就是她晚上的取暖器。于是只能倚在一起

靠在角落里躲避着风的侵袭。

已有一个烟头丢在破旧的沥青路面。

围巾得自里约，她告诉我，但现在

她很高兴失去它，因为她遇到了我。

如果想把围巾带到这里，必须花许多夜晚

乘坐那些翻腾在大洋里，亮着灯的远洋客轮——

夜里总有风浪，这个很确定。它是一个水手给的礼物；

周围没有别人。她对我小声地说

如果我想上去，她会给我看他的照片——

卷曲的头发，晒黑的皮肤。他工作在肮脏的机房，

清洁着引擎。她说我更好看。

两个烟头，现在丢在沥青路面。我们仰头向上看：

看到上面的窗户，她指着说，是我们要去的地点——

但取暖器坏了。在晚上，迷失的轮船

需要一点引导，大概只能靠星星。

我们手挽手过马路，调皮地互相取暖。

失业

所有贴在墙上的大海报

展示着升向天空的健壮工人

背景是工厂——它们在日晒雨淋后

脱落。马西诺咒骂着

看着墙上的那张脸，比他还骄傲

他要踏遍许多街道去找工作。

他早上起床，去看报纸

在报亭贴满艳丽面孔的女人——

比较她们和路过的妇女是没有意义的，

因为真正的女性有疲倦的眼睛。然后突然出现

一群蹒跚的老人穿着统一的红色服装

电影海报举在他们的头上，

马西诺，看到他们畸形的脸

那些颜色触动他空洞的脸颊。

饭后，马西诺回到他的搜寻中，

这意味着他已经完成了任务。他走在街上

不再看任何人的脸色。晚上，他去那些地方

和那样的女孩躺一会儿。

当独自一人，他喜欢待在

稀疏的房屋和微弱的噪音之间，

有时他小睡。女人不缺，

像回到他当机修工的日子，但现在马西诺

只想要一个可以信赖的女人。

有一次，当他巡视时，撞倒了一个对手——

他的工友在沟里找到他

包扎他的手。那些家伙中的一些人，

也失业了，为了糊口，开始组乐队，

有单簧管和吉他，他们希望马西诺

唱歌，他们希望在街头表演来挣小钱。

马西诺回答说，他想唱的时候才唱，

不为什么；但流浪街头卖唱，觉醒的女仆

去南方才会做这些。一天当他吃过饭，

他召集了一些朋友，他们去山上的

一家酒馆，他们唱了一会儿，只为了自己，

与朋友一起。他们经常坐船外出，

但工厂就在河边，这毁了他们的心情。

坐立不安的一天之后，他的脚踩着海报，
在晚上马西诺最终来到电影院，
他曾在这儿工作。那黑暗是好的
当你的眼睛被太多的路灯折磨，
理解这些故事是一件很轻松的工作：
你看到一个漂亮的女孩，有时一些男人
彼此挥拳。你看着，确实，有一个地方
可能是值得你去生活的，那些白痴演员
要放对位置。马西诺沉思着，
在他家乡的秃山上，有田野，有工厂，
演员的头像他的一样，给大大的特写镜头。
但是，在角落里画着女人的脸孔的
五彩的海报并没有让他疯狂。

地主

我的神父，生在乡下，照看着
城里的垂死者，不分昼夜，经过这么多年
攒下一点钱都留给了医院。
他只宽恕失足妇女和儿童，
在新的医院——都是白铁皮床——
有一整片偏房收留妇女和流浪儿。
想要获得宽恕的垂死者一直找他
做临终告解。他为了临终关怀而消瘦，
他辗转于病床和垂死者的告解之间，
只要可以，他就帮着死者入土
为他们祈祷，洒圣水，并祝福他们。

三月的一天下午，天气很暖和，我的神父
埋葬一个遍体鳞伤的老妇：她是他的母亲。

小老太太在家中死亡，因为她害怕

医院，她希望死在自己的床上。

那一天，我的神父穿着他平时参加葬礼

穿的长袍，但在封棺时

他洒很多圣水，甚至花更长时间祈祷。

温暖的午后，泥土的气味萦绕在

放着枯尸的棺材上：老妇人死于

看到土地变少后的悲痛；

只剩她一个了，她有责任挽救它。

她在生活中已经变得如此不幸，

在土壤下念珠缠绕着受伤的手

曾在三四张纸上画着十字架。我的神父祈祷

这种冒失会被原谅，

作为寡妇的她，儿子在神父身边学习，

已经担负这么多，却从来没有寻求告解。

医院的花园里弥漫着土地的芳香，

规划很周密，给病人提供新鲜空气。

我的神父知道树木和灌木丛

在他死后会更繁茂，岁月变换，

而树木和灌木丛一直都在。

在绿园中他喃喃而语——像他在坟墓前那样——

偷偷离开病房的一会儿，总是会忘记要做什么，

驻足在修女们所垒的石窟前，

圣诞节的装饰，在人行道的暗处。有时他抱怨

这项工作一直阻止他留意

枯树的需要，不应该三十年里只有一次

他才找到时间去冥想永恒的安魂曲。

风景（二）

山岭被星光映白，土地裸露着；

那里，一个贼将被发现。山谷下的

葡萄园一片黑暗。有人在山上

为主人看守着，让盗贼望而却步。

这下面很潮湿，他们假装采松露，

然后一边偷偷往下滑，一边装满口袋。

老头发现了两串茎秆，根被挖了

秆扔在地上，他疯了。收获太少了

看起来如此：潮湿的昼夜，除了叶子什么都没有。

在他们旁边，山岭窃取着他的能量。光整天

在那里照耀，土壤里都是石灰：你可以在黑暗中看到。

这些葡萄树叶子不多；能量都进入到果实里。

这位老人在潮湿的草地上靠着手杖，

他的手摇晃着。如果盗贼敢在今晚重返，

他会跳过去，用手杖好好地招待他们。

这些人应该像动物一样被对待，

它不像他们说的那么无辜。现在，接着老人

抬起头：他认为他发现在黑暗中

有人循着泥土的气味在挖松露。

在那里，伸展到天空的斜坡上，

没有树木遮挡光线：藤蔓因负载而下垂到

地上。无人可以隐藏在葡萄园里：

突出的树林之间的小块土地，黝黑而稀疏，

立在山顶。如果只有他的葡萄园在那儿——

他会从家里的床上来到这里守着他的收获，

他的步枪在准备。但下到这里，枪没法用了，

因为你能在这黑暗中看清的只有这些树叶。

风景（三）

在胡须和阳光的掩护下，这张脸通过了。
但他剩余的皮肤——泛着苍白的色彩
从破衣中闪出。连污垢都不能掩盖它，
别在意天气了。暗黑色皮肤的农民们
看了这男人一眼，看起来要卡住他的脖子，
不管他继续向前走，还是就地躺下。

晚上的田野和乡间
一片漆黑；葡萄园的树上
满是——伸手可摘的果实。
在黑暗中，破衣人完全可以伪装成农民通过，
只可惜他是偷偷溜走，甚至连狗都觉察不到他。
晚上，田里不再有主人看守，没有人声。他还冒汗不止。
在黑暗中，庄稼也发了一身冷汗，

所有的田野都是一样的，

每个男人也是一样的，无人不是这样。

清晨时分，衣衫褴褛的男人瑟瑟发抖

贴在陌生的墙角，梦到农民们

在阳光下追捕他，想要咬他一口。

他的胡子沾着露水，他的皮肤从

破烂的衣服露出。一个扛着锄头的

农民出现。他擦了擦嘴，

他踩着男人的身体没有停步继续向前走：

今天他在田里需要耗尽全力。

时节

这个曾经坚定的女人拥有年轻的肉体：

有第一个孩子时发胖了，她很伤心，

她总是隐藏自己，独自憔悴。

她讨厌变形的身体在公众面前被看到。

生完第一个后（她年轻，计划外的孩子

不断涌现），她带着自信的气势

走在街上，她学会了享受每刻。

三月的夜，裙子是很拉风的，

翻卷着缠住女人的身体。

身体安全地穿过风

好像风弱了，她站立着。她没有

天资，而身体也因生太多孩子消耗。

到了晚上，风吹来活力的气息，

好像她不老的青春体味，隐藏在

过多衣服里。湿泥土的味道

每年三月重现。即使在城里远离街道的

一些地方，太阳和风的气息

无法抵达，她鲜活的身体，追寻着

石墙后面的发酵果汁的气味。但迟早，

她的身体会因为喂养其他身体而残破和弯曲。

她看起来很不高兴，失去所有动力；

但女儿（众多孩子中的一个）仍然跟在周围

走在街上，树下，晚上，得意地走在风中，

她年轻的身体坚定地活着。

一个儿子在漫步在周围，知道怎么赢得生活

并享受它。他望着商店的橱窗，

他想着怎么让他看上的女孩挽他的手。

他炫耀着他的力量把她拉近

亲吻她的脖子，她试着推开他。

他喜欢这样，尤其是，在他播种

在身体后，让她枯萎，他重新开始。

拥抱会让他开心，但孩子

会冒犯他。女孩，怀孕了，知道这个后

计划着掩饰隆起的肚子。现在
她喜欢他的同伴，她中意，她欣赏
他有力的身体，能做所有的事。

迪娜的感想

现在，快乐地跳进清澈的流水中，
阳光下一片清新：此时这里无人。
杨树皮给我更多惊吓，当它们落到我身上，
我跳进水里拍打着水面。那下面漆黑一片，
冷水是致命的，但只要你跳回
阳光下，你就能用水洗过的眼看清世界。

快乐地裸躺在一直暖和的草上
半闭着眼凝望着远处的高山
据我所知没有人爬到杨树上俯瞰着
我的裸体。那个老男人戴着帽子
穿着内衣，整天钓鱼，看见我在潜水，
但想到我还是个孩子，从不说什么。

今晚我会以一个穿红裙的女人重现——

那些在大街上对我笑的男人不知道

我此时正裸躺在这里——我将回去装扮

以便吸引更多关注。那些男人不知道这个

但是今晚在红裙里的臀部会更结实

我将是一个新的女人。无人看到我躺在这里：

在灌木丛另一边的挖沙者比那些

微笑的男人更强壮：但没有人看到我。

男人真是太傻了——今晚我与他们所有人跳舞

这就好像我是赤裸的，像现在，没有人会知道

他们可能正好在这儿找到我。我将和他们一样。

除了那些傻瓜想靠近我

像骗子似对我低声求婚。但是我对男人的

爱抚又怎么会在意？我可以全部由自己抚摸。

但我希望今晚我们能在彼此面前裸裎相对

不笑得像个骗子。现在我对自己笑，

在高高的草丛里伸展着身体，没有人知道。

背叛

今早，我不再孤单。新的女人

躺在我面前，使我的船头下沉，

缓缓驶过平静的水面，

阴冷的气息从昨晚的睡眠开始。

我离开了喧闹的波河，艳阳下，激流

和挖沙船共鸣着，在费力牵拉之后

转了个弯，我终于使它

进入桑戈内河[1]。"如此迷人，"她说

不动身子，移开看着天空的眼睛。

眼前没有一个人，向河岸上游移动

变得越来越陡窄，河岸两旁挤满了杨树。

1　桑戈内河：意大利皮埃蒙特地区的一条激流河。

如此笨重的船驶在平静的水面。

我站在船尾同时船头在上下起伏，

我们用笨拙的方法：用她包裹在

白衣中的身体使船头下沉。

我的同伴告诉我，她是懒人；她还没有动。

伸展后背，她盯着树梢

好像刚起床——她会使我的船减速。

现在她的一只手悬在水里搅动着，

流水也变慢了。我不看她——

在船头伸展着，歪着头

奇怪地望着我，转过身去。

当我告诉她已经到了河中心，她离开船头，

窃笑地说："这样我们可以更亲近了吗？"

往常，游在泡在水中的树干和石头间，

我会向着太阳游，直到我觉得满足了，

直到我撞到岸边，就爬上去仰躺在上面，

被水和光弄得目眩，我把船篙扔在一旁——

挥汗如雨，气喘吁吁，我呼吸着植物的气息

平静下来，依偎着草地。现在树荫缓解了

我疲累的四肢，挥发的汗水使血液变稠，

穹状弯曲的树木滤除射向凉亭的

光线。我坐在草地上，无话可说，

紧握着膝盖。我的同伴已经消失

于杨树林，我打算循着笑声

追上她。我裸露的皮肤被太阳晒黑。

当我的同伴，一个金发美女，握住我的手

跳上石岸，我不能不注意到

握在手中的细手指散发着她身体

隐秘的体香。其他的时间

这木船有死水的气味或汗味。

我的同伴不耐烦地叫我。穿着白色连衣裙

她徜徉在树干之间，我打算追上她。

享受孤独

伴着窗外射进的光线，我吃着晚餐
房间里已经暗了，天空也暗了下来。
外面，寂静快速地从马路
蔓延到空旷的村子里。
我边吃边看着天空——谁知道
此时有多少女人也在吃着——我的身体平静；
劳作折磨我的身体，也折磨着那些女人。

晚饭之后，户外的星星会照耀
平坦的土地。星星好像是活的，
而我独自吃着味道不那么好的樱桃。
我可以看到天空，但我知道，星光已经闪耀在
被腐蚀的屋顶之间，那下面的声音传到耳边。
深吸一口气，我的身子体会着

42

树木和河流的生命，感觉一切都结束了。

一个短暂的沉默过后，属于这里的一切

都静止了，连我的身体也静止了。

我以往感受过的孤独。

他们毫无理由地接受它：一声沉默中的响动。

我可以在黑暗中参透一切

以及我知道我的血管里流淌的是什么。

一股水流急速地流过平原的草地，

餐桌上的一切，每棵树，每块石头，

一切生命都静止了。我听到我的食物喂养着

这平原每一个活着的有脉搏的生灵。

不必在意是晚上。广阔的天空

萦绕在耳边的噪音，一个微小的星星

挣扎在虚空中，远离食物，

远离房子，不同于别的星星。它不完全靠自己，

它需要许多同伴。可这儿既黑暗又孤独，

我的身体在寂静中感到很舒适。

公羊神

那男孩在夏天来到这里，乡下是一片
充满绿色奥秘的土地。某些花使山羊的
肚子肿胀；然后，她必须跑着消化它。
当男人与女孩很开心地在一起——
有可怕的东西降临——她的肚子因怀孕而膨胀。
放羊的男孩们冷笑，他们爱吹牛，
但在日落时他们都开始看脚下。
从灰尘中的弯曲条纹，他们能够看出
曾有穿过污泥的草蛇爬过。
但他们都不知道草蛇什么时候
爬过草地。那儿，羊群喜欢躺在
蛇爬过的地方，他们喜欢在草丛里哺乳。
在那儿的女孩也喜欢被抚摸。

月亮升起，山羊不再能保持平静，

它们必须撑到一起赶着回家，

否则公羊开始尥蹶子。在周围跳跃，

他赶着母羊跑开。怀春少女

在晚上一个人去树林，和躺着咩咩叫的母羊

在草地上，而公羊跑来找到她们。

但是，当月亮升起时，他发狂了用角顶她们。

在月光下母狗吠叫着，因为

他们已经听到了公羊在山上一路的

上蹿下跳，他们已经嗅到血的气息。

牲畜在畜栏里发狂。

但强壮的猎狗一直在拼命挣脱狗链，

直到几个弄松挣脱，去追猎，公羊

喷着比火还鲜艳的血，让它们沉醉于此，

用后腿跳跃翻腾着，对着月亮嗥叫。

第二天，每条猎狗都将带着伤疤咆哮而回，

农民会踢给他一条母狗。

那个在晚上漫游的女孩，和天黑后回家的

孩子们，弄丢了一只母羊，被暴打。

这些农民让女人带孩子，他们的劳作

没有得到尊重。他们昼夜漫游，毫无惧色

在月光下锄地，黑暗中的灌木丛

被照亮。他们是这片绿地和犁沟

如此丰美的原因。在黎明，田野

就像晒黑的脸孔。他们收获葡萄，

他们跳着喝着，你能听到女孩们的欢笑

其中一人提到公羊——在

石谷边的树林里，农民

见他为寻找母羊而撞树。

因为畜生们不知道如何耕作，

被留下只为做种畜——它们想摧毁一切。

时光飞逝

那老家伙在旧日里会坐在草地上

等待他的儿子带回一只鸡

拧断鸡脖子，鸡翅膀还拍了他几下。

后来，走在黎明时的山上，他会说明

当他拧它们的脖子之时，应该用

两个手指的指甲按住：那样做它们就消停了。

在灰冷的天光中，他们走在挂满果实的

葡萄藤下，男孩背上绑着一个

黄色的葫芦，老家伙说

无论什么田里的作物都需要阳光和水分——

这就是为什么它不会长在室内。确保

周围的一切都安好，然后选成熟的果子，

在阴凉处坐下，不要动，直到你吃饱。

在城市里，人们也吃鸡肉。但鸡

不是走地鸡。小老头——

这个从旧日里走来的家伙——

如今坐在角落里，旁观着别人。

他把玩着几枚硬币，老家伙

什么也不说：他唯一想说的是，我渴了，

找不到这里存放的无人看管的酒桶，

放不到十月，也放不到永远。酒馆虽然

嘈杂，新酒却散发香气，特别是在晚上。

在秋天的晚上，老人出去走走，

但他没有带葫芦，酒馆的

烟熏的门里走出喃喃自语的醉鬼。

他们只在晚上喝（这是他们每天起床

想的第一件事）以及如何喝得酩酊大醉。

老头年轻时，能千杯不醉；

现在只是抖动胡子闻闻酒味：

拄着手杖的他最终将被那些醉鬼绊倒，

当有人扶他站起，他就拿钱感谢别人

（有时甚至会丢一些给醉鬼），

凌晨两点，其余的那些烟雾缭绕的
酒馆都不欢迎他，他唱，他喊，
他想在葡萄藤下拿起葫芦喝几口。

九月的白兰地

清新而空旷的早晨

蒙着雾气的河岸，

睡思昏沉的绿草等待着阳光。

在草地尽头的一座充满潮气的房子

出售一种焦黑的香烟

抽起来很呛人：冒着淡蓝色的烟雾。

他们也卖晶莹剔透的白兰地。

这个时刻，一切都熟透了。

暗黑色的果树在远处静静伫立着。

藏在树叶间的果实一碰就掉落。

天上零落的流云

看起来那么美味而多汁。远处的街道上

所有房子都在徐徐和风中成熟。

在早晨你只能看到女人的身影。

她们不抽烟也不喝酒，

她们只知道晒太阳取暖

如同那些水果一般吸收着阳光。

空气中弥漫着轻雾，你像喝白兰地一般

吸几口下肚，这里的一切都别有风味。

即使河水淹没了河岸

倒映于水中的天空抖动着。

街道如同女人一般成熟稳重。

这个时候每个人都应该

驻足于街头看万物成熟。

即使微风吹不走云彩

但它也足够带起一缕

完整的蓝色烟雾：一股新鲜的气味。

浸渍过白兰地的烟草抽起来特别好。

女人不再是唯一享受这个早晨的人。

大西洋的油

喝醉的机修工快乐地躺在沟里。

从酒馆穿过黑暗的田野，只需五分钟

就能回家。但首先，这儿能享受草的清凉

机修工将在这里睡到天亮。

几英尺远的地方，红色和黑色的路牌竖立

在田边：如果你太接近，就无法看清，

它是那么大。此时还沾满潮湿的露水。

不久，街道将落满灰尘，同样灌木丛

也是。机修工，在下面，舒展开身体睡觉。

一直很安静。不久，在温暖的阳光下，

车队将经过，醉汉将被灰尘惊醒。

在山顶，他们放慢速度行进，

然后斜着下坡。几辆汽车

停进车库，满是尘土，耗了几升油。

早晨的这个时候，机修工，仍然茫然，

坐在油桶上，等着开工。

很高兴花一早晨的时间坐在树荫下，

其中刺鼻的汽油味削减了绿草的清香，

喝酒的，抽烟的，正要开工时，他们

正好进门。有时更有趣：

农民的妻子来斥责他们，指责车库

造成交通拥堵——吓走动物和女人——

为了使丈夫们脸色难看：立即

下山去都灵，让男人的钱包变轻。

在说笑和卖汽油之间，其中一人将驻足：

这些地区，显而易见的，都覆盖着道路扬尘，

如果您试着坐在草地上，它会将你吹走。

在山坡上，有一个葡萄园，他更喜欢别的所有事物，

最后，他会在葡萄园里举行婚礼，而甜美的女孩

也会随之出现，他会在阳光下劳作，

现在扛着锄头的脖子被晒成褐色，

他会喝在秋夜里榨出的葡萄酒。

车在夜间行进，但是更安静，

静躺在沟里的醉鬼还没有醒来。晚上

车队没有扬起太多灰尘，前灯射出光束，

它们转弯，该地区的路牌完全展现眼前。

快天亮了，它们谨慎地向前滑行，什么都听不到

也许除了从山顶吹下来微风，

它们消失在平原，隐没在阴影中。

城郊

父亲坐在绿色掩映的凉亭里喝着；
身旁的男孩很无聊。同样无聊的马儿
背上有苍蝇：男孩想扑打它们，
但父亲在旁。凉亭看起来建在
朝向山谷的陡坡上。男孩不再看亭台，
因为他想腾空一大跳。他抬起眼睛：
稀疏的彩云：一团团的，曾经很壮观，
聚集在一起，挡住了蓝色的天空。

父亲抱怨说，在这趟贩葡萄之旅中
天热得比麦收时更难以忍受。
闻所未闻，九月的阳光这般炽烈，
在回家的路上只得停留在旅馆
以免马热死。但现在他们已经售完。

从现在到麦收，他们没有什么忧虑了：
因此即便下冰雹——价格也确定了。男孩依然无聊，
一饮而下父亲给他的一小杯饮料。
现在没事做，盯着变糟的白云
下方的黑色热雾，期待着下一些雨。

凉爽的上午，街道两旁满是商场
和行人。冰淇淋摊贩在广场上叫卖着。
白色和粉色：像堆在天空中的固体云。
如果在城里酷热是难熬的，他们会吃住在
酒店。灰尘和酷热被城里的墙
阻挡：沿街的房子都是白色的。
男孩抬眼看着可怕的云。
城里人坐在树荫下无所事事，但他们有些人
会买下所有的葡萄，都酿成葡萄酒来致富。
如果他们想留在夜色中的城市，他们会透过
树叶看到，晚上的街道被灯光连成一线。

一阵风摇响凉亭。马受惊了，
父亲看向天空。山谷向下，
他们的房子坐落在成熟的葡萄园里。

此时突然变冷，树叶离开树枝，

尘土开始乱飞。父亲还在喝。

男孩抬眼看着可怕的云。

一小片阳光仍然照着下面的山谷。

如果今晚留在这儿，他们会吃住在旅馆。

愚民

灯光照在车站的林荫道上。
盖拉知道此时母亲正从田间回家,
她的草裙破了。盖拉等着火车,
她看着近旁的草丛,面带微笑地想着
愣住了,而信号灯,变绿了。

盖拉知道她母亲年轻时曾在城里待过:
当每晚黑暗降临时,她自己一人出行
她还记得火车上镜子般映出人影的车窗
人们匆匆而过,没有人注意她。
对她母亲来说,城市就像个封闭的大院子
有着高高的围墙,它的居民都在阳台招摇。
盖拉每天晚上出行,她的眼里透着
五颜六色的欲望和想象,列车缓缓开动

让她镇静下来，纵横的街道

明亮的街灯，起伏的盘山公路，还有尘世中

寻欢作乐的青年，他们自由地行走，肆无忌惮地说笑。

盖拉厌倦这种来来去去的夜间旅行，

居住在既不算家也不算办公室的地方。

她希望城市就在家乡的山上，

散发着神秘的光芒：她不必再离乡背井。

而现在，还是要离开。晚上回家，她看到

光着脚刚干完体力活的兄弟，

还有她那被太阳晒黑的母亲，他们说着田间的事，

她一直沉默地坐在那里。当她记起自己

还是个孩子之时，她也曾背着一捆草往家里奔——

这像是一种游戏。她的母亲，捆草时

常常满头大汗，三十年来，

她每晚都这样干，即使能有一次她可以

轻轻松松地待在家里。

却没有人希望她这样做。

盖拉想放松自己，想一个人待在田里，

想找到最孤独最遥远的田地，可能是原始森林。

待在那里直到晚上，在草地上打个滚

甚至在泥浆中，不再回城了。

什么都不做，因为不做事大家已经很好了。

这般精神，像山羊，只吃最绿的叶子，

突起的头发，满是汗水散发着焦味，夜晚降下

露水，硬化和弄脏

她的身体，她扔掉衣服——这样的城市

她再也不想来，盖拉早已厌倦来来往往，

他笑着想起去都灵旅行的想法

是多么不恰当。等到那些山丘和葡萄园

消失，等到晚上，她走着，笑着，

穿过那些街道，那些田间地头，

盖拉将透过列车窗户注视着那些渴望。

在建的房子

人影消失在甘蔗林，初升的太阳

斜射进通道，从将是窗户的

空口涌出。瓦工会在

大多数早晨工作，偶尔回顾那些日子，

这里一直有簌簌的甘蔗叶，

任何人都可以躺在草地上乘凉。

当太阳升高，孩子们会跑来。

不怕酷热。他们认为，柱子朝向天空的

在建房是比树林和平时的街道

更好的球场。光秃的砖堆齐

他们能在屋子封顶之前看到

尽可能多的天空，孩子们喜欢仰望

长方形的天空。好天气是个遗憾：

这些孩子们希望看到一场倾盆大雨
落在这敞口的空间——来个大清洗。

最后一晚，能让他们来，当然很好：
露水给砖头洗了个澡，你可以伸展着身体
看着星星。或许他们已经点起了火
被攻击和反击着，石头纷飞。
石头在夜间可以杀人而不制造噪音。
接着有草蛇爬上墙壁像石头般
掉落，只有柔软的东西了。
只有老人真正知道晚上发生了什么，
你在早晨看见男人从山上下来。
他在那里留下灰烬，胡子已经被烧焦，
他吸收了那么多水，像土壤一样
决不改变颜色。每个人都笑他
在别人正用汗水建房子的时候
他却去山上睡觉。但老男人
没有必要在晚上睡在户外。
一对情侣在田野是另一回事：一男一女
抱在一起，然后回家去。
但老人不再有任何一个家，他缓慢移动。

必然有些事在晚上发生在那所房子，
因为在早上他还喃喃自语。

过了一会儿，瓦工去躺在阴凉处。
太阳已经浸透到一切事物
光着手摸砖会被烧伤。
他们看到一条从窟里出逃的草蛇
掉进石灰坑：酷热变得如此糟糕
它驱使动物疯狂。你喝一杯
看着周围的山丘，被反复无常的太阳
烧焦。这酷热，只有傻瓜
会继续工作，这就是为什么老头
现在偷袭葡萄酒庄，灌满他的葫芦。
孩子们都爬上了脚手架。
有一次，一块石头从上面扔下，击中
主人的头，每个人都停下工作
把他抬到河边，清洗他的脸。

古老的文明

男孩呼吸着清凉的空气，藏在
百叶窗后面，看着街道。他看到
闪光的卵石遍及板条路。街道是
荒凉的。他想出去，像这样裸着——
街道是大家的——淹没在阳光下。

你不能在城里。你可以在乡下，
如果头上的天空没有如此巨大——
让人敬畏和惶恐。那时冰凉的草地
挠你的脚，植物就在那直立着，
而树林和灌木丛看起来很粗糙
它们瘦弱的躯干在颤抖。

甚至草地上都充满冷淡和不快。

但大街是荒凉的。如果有人经过，
男孩会从黑暗中往外看
想到自己：大家都遮掩着身体。
相反，一匹健壮的棕马踏入眼前，
震颤着卵石路。它慢慢走过，
赤裸在光天化日下，如此无羞耻地
走在街道的中间。男孩
想要这样的力量和颜色，甚至会
考虑拉住马车——他会勇于展现自己
即使在条状天空下。你看到的房子
比开阔的田野更让人贴近。

人的美体应该展露。男孩
不确定每人都有。早晨，路过的
历经风霜的老人就没有美体
他的脸悲伤而苍白，可也没有什么
可怕的。未成年人，不够成熟

还很年轻的妻子给孩子喂奶，

真的裸着。只有孩子有美体。

男孩害怕看到黑暗中的自己，

但他知道他将不得不淹没在太阳下

习惯天空的聚焦，成长为一个男人。

损友

他坐在镜子前抽烟，镜子里

有另一个抽烟的自己，他们彼此凝视。

真实的那个宽慰地看着虚幻的那个，诡异地一笑。

他领会了另一件事情：在烟雾缭绕中

一个女人面朝下的脸上带着笑容

一个白痴像吹嘘的那样用眼盯住她

过会，白痴也看了他一下，

遭到了他的白眼。白痴还了他一个。

女人沉默地转过身来。

仿佛看到裸裎的世界真相。

这些天里她不断看到一个男人的裸体，

从早到晚，她也不穿衣服

傻笑着，就这样活着。她遭到太多的白眼

她要学会分辨：一个好意的蔑视，事实上

就是工作成功了一半。但当一个女人在那儿

仅仅玩文字游戏，旁观其他人受伤，

谁会在沉默中倾听一个白痴的无耻谰言，

即使它闪现着和兽性思维相同的光芒。

女人和白痴相对而看，再一次

他们呼气到彼此的脸上。他们是相似的，女人和白痴，

扭曲的脸消逝在烟雾中。

萦绕的烟雾里，面孔狰狞了，

你微合双眼，女人笑着

避开夸夸其谈的男人靠近她。

夜间乐趣

我们停步感受夜的侵袭，

凄凉的风吹着：把马路

吹冷，所有生机都消失了；

闪烁的灯光射到仰起的鼻孔里。

我们都有一间在黑暗中等待着

我们的房子：女人在黑暗中等待着我们，

躺下睡吧：房子里温暖如春。

睡着的女人感觉不到风的侵袭

她的身体温暖

同样的热血流动在我们体内。

风清洗着我们，街道的深处

黑暗蔓延，闪烁的光

和抬起的鼻孔连成一线。

都是记忆中的味道。

城里路面上的垃圾都被

风吹到远方，落到田野和山坡上，

那儿只有被阳光烤焦的草

和变黑潮湿的土壤。我们的记忆

充满苦涩的味道，龟裂的土地

带着些许芬芳，它的活力

在冬天里潜藏在下面。所有生机都消失

在黑暗的城市中，只有风能够侵袭我们。

我们今晚回到睡着的女人身边，

摸索着她手指冰冷的身体，

用我们的热血暖她，散发热度的土地

黝黑而潮湿：新鲜的生命。

她也会去晒太阳来取暖，现在她赤裸着，

她甜蜜的生活，带着土地的芬芳，

将会在白天消失。

芭蕾

他是一个壮汉，只能勉强转动自己的身体，

他等着一个女人但却装成不像在等人。

一切只是偶然：他抽着烟而人们只是旁观。

每个女人和男人在一起时就是个孩子

她紧贴他的身体，笑着，无视

别人的眼光。壮汉转动着，

女人成为他身体的一部分，

运动比休息更多。女人们并不介意——

每天晚上都有一个新的开始，她们总是笑着

舞动着她们娇小而诱人的臀部。

壮汉不希望娇小而诱人的臀部

在大街上舞动，所以每遇有分歧的夜晚

他就沉默地让她坐下，女人是幸福的。

在争吵中，女人被叫喊声淹没，

看着她的壮汉，再次变成孩子。

你可以听到握拳声和脚的

擦撞声，但一切看起来像是他们在跳舞，

无所顾忌地亲热，女人用宽而小的眼睛

注视着，咬着她的嘴唇，她很幸福。

她让自己屈从于男人，再次快乐得像个孩子：

背靠着悬崖兴奋地说出甜蜜的谎话。

如果女人和壮汉脱下衣服——

不久他们就会这样——壮汉已经被

沉寂的峭壁点燃欲火，在阳光下，

光芒像一个含羞的女孩照在他们身上。

父亲（一）

老男人对舞女有愚蠢的想法，
她是父亲曾经某晚热血上头的
产物，那次他全裸着在床上折腾着。
她赶紧到那里迅速地换衣服，
她知道其他老人都在等待。他们所有人
都想吞掉她，当她跳跃在空中，有力的
双腿在他们眼前晃动，让老男人颤抖。
她很年轻，将要脱光。那年轻人微笑着
和他们一起看着——一些人希望自己是赤裸的。

所有这些慕名而来的老男人都像她的父亲，
所有人都很软弱，身体已经不剩下什么了
却还想占有别的身体。有一天年轻人也
将成为父亲——对他们来说，这样的女人只是

一个过客。那么眼下，在沉默中：深深的喜悦

一直持续在黑暗中的女人面前。

所有身体突然成为一个，只有一个，

所有目光都被它的移动所吸引。

这种血液使舞女的四肢强壮

血液凝结在老人的静脉中；

她的父亲在沉默中靠抽烟来取暖，

他不跳舞，但他制造出了一个舞女。

脉冲在老人的残体里波动，

同样的脉冲感觉穿过她的身体。她的父亲

静静地抽烟，等待——她换衣服去了。

他们都等待，年轻人和老年人，铭记她的形象。

每个人独自喝酒的时候会在心里想她。

古老的习性

醉汉们不知道怎么去开口叫住女人，

他们落在了后面晃来晃去，无人在意他们，

他们蹒跚在街上；街道和路灯

延续到更远处，对惺忪的醉眼来说，

归家的路程仿佛是没有尽头的；

但没有什么要担心的，明天他们就会回家。

醉汉游走着，他多想身边有个女人陪着，

路灯没有改变，女人也没有改变，同样没有改变的

还有这个夜晚，他张口说着却无人倾听。

他想解释些什么但女人不想听。

这些女人，在笑着的，她们是他的困扰：

为什么她们要这样大声地笑，为什么啊，

她们哭时，也会这样大声吗？

醉汉想要一个这样女人，她能在他喝醉时
乖乖地听他说醉话，相反的是她们会咆哮着说：
"你想要一种新的生活，你就要远远地离开我们。"

醉汉抱住一个同醉者，好像抱住自己的儿子，
今晚这同醉者就是他的儿子，
这个不是那些女人给他生的。
那些只会骂他和哭泣的小女人怎么可能
给他生一个如此贴心的儿子呢？如果他喝醉了，
他不会记得那些女人，他晃悠悠地往前走着，
他们可以继续处在这种平和之中。可仰仗的儿子
并不是女人所生，否则他自己会成为
一个女人。儿子会陪着他这个父亲走着聊着：
而那些路灯将会陪着他们整夜亮着。

无序

醉汉离开身后那间异常混乱的房子。

不是每个人都敢走在醉汉旁边

即使在白天。他随意地横穿街道——

他可能正好撞到墙，因为墙就在那儿。

只有狗才这样走路，但当它嗅到母狗的气味

狗会停下来嗅闻着她。

醉汉不看任何人，包括女人。

在大街上，人们绷着脸一看到醉汉就厌烦，

不想成为他，有时人们会脚下拌蒜，

因为他们的目光都集中在醉汉身上，接着

边咒骂边向前看路。当醉汉终于要走开，

沐浴在阳光下的整条街道上的人流

如同慢速播放一般。无论谁还要像以前

一样跑起来就不要喝醉，永远不要。

其余的目光，没有焦点，看房屋或天空，

继续这样，即使没有人意识到它们。

醉汉既看不到天空也看不到房子，

但他知道它们，因为他摇摆地穿过

有着带状天空般清晰轮廓的空间。

人们很焦虑，不再知晓房子的功用，

而女人也不愿看到男人。所有人都

感到莫名的恐惧，一个突然的嘶哑的嗓音

将开始唱歌，它穿透空气跟着他们回家。

每家都有一扇门，但关上也没用。

醉汉不唱歌，正继续走自己的路

唯一的障碍是空气。幸运的是

这条道路不会通到海里——如果真要这么做

醉汉会步履从容地走入水中，

消失在它下面，并在海底继续走。

户外，光将依然照耀，永远不变。

风景（五）

冷酷的山丘填补了天空

在黎明时焕发生机，它静止着，似乎，

几个世纪以来，就这样被太阳照耀着。

令人欣喜的是它们将再次被绿色覆盖着，

并散播着绿色的房屋和水果。

每棵植物都将是一个奇迹般的生命

在黎明，云彩将使之有人性。

唯一缺少的是恢弘的大海

用单调的节奏侵袭着岸边。

海边什么也长不出，每滴水都是浪费，

如同这些山间的风，寻求叶子

却只找到石头。黎明时分

当黑色的轮廓出现在地面上，

还有红色的污渍。那时再次陷入沉默。

做这些陡峭入天的斜坡，

就像城市建筑，有意义吗？他们是贫瘠的。

一个农夫在那里，开始面对着天空的虚无，

如此荒谬，好像他是在城市的屋顶上

散步。它让人联想到那成排的房子上的

不育的巨像：他们得到雨露，他们干涸

在阳光下，没有一叶荒草长出。

为了让房屋和岩石覆盖绿色——

这样天空才有意义——你需要

黑色的根深深地陷进黑暗里。在黎明

光会带着能量从大地喷涌而出。

所有的血管会更有活力：身体，

也一样，暗黑色的静脉看起来更黑。

那时经过的农民们将是明智的。

法则

工作在黎明开始。甚至在以前，

我们偶然经过大街

我们开始遇到我们自己的脸。看到它们

保留着我们的孤独与劳累——

我们每个人都白日做梦地走着，

黎明将迫使我们睁开眼睛。

到上午，发现我们工作时的脸

一片茫然，现在已经开始。

但是无人感到孤单，无人感到疲累，

我们认为今天的思绪将伴着平静的

微笑。在久违的阳光下，

我们都很坚定。但黑暗的念头，

嘲笑的念头，有时候还会侵扰我们，

我们再看看黎明之前我们所做的。

明亮的城市冷冷地看着这些工作的人。
没有什么能打扰这个清晨。任何事情都
可能发生，你只需要从你的工作和注视中
抬起你的眼睛。男孩们倒是很放松，
已经不做任何事情，只是来回走来走去，
他们中的一些还跑着。把他们的影子
留在大街上，唯一缺失的是路两旁的
杂草，在那里一直看着房子。他们
下到河岸边在阳光下脱掉衣服。
城市允许我们抬起头来迎对烈日
它知道过后我们就会低下头来。

绿树

给马西莫·米拉[1]

他站在黑暗的山前。

由于这些山上满是肥沃的土壤

农民会挖它们。他却看不到这些，

像在监狱里合眼睡觉的男人一样，保持着清醒。

男人站在那儿——他曾入过狱——开始工作

明天再带一些朋友来。可今晚他是孤独的。

在山上他闻着雨的芬芳，这遥远的气味

有时会随风抵达监狱里。

有时城里下雨了：清新的空气

让血液都沸腾了，街道敞开着。

监狱里闻不到雨，监狱生活

---

1 马西莫·米拉（1910–1988）意大利音乐评论家，音乐家。

没有尽头，但有时太阳会射进来：
他的朋友和未来都等待着。

现在他独自一人。土地发出寂静的气息
似乎是来自他的身体。遥远的记忆——
他熟悉这土地——他困在土地上，
真实的土地。什么也不想
农民用他们的铁锹铲土
也用它攻击敌人，他们互相仇视
带着杀气的仇视。他们很
高兴：为了这片耕地付出。
其他人有什么问题？明天的太阳
升起在山上，每个人都有自己的土地。

他的朋友们不住在山上，
他们出生在城里，那里用有轨电车
取代草地。有时他甚至忘了这一点。
但是土地的气息已经传到城里
农民们却不知道。长久地抚摸
使你闭上眼睛，你想到朋友们
在监狱里还有长长的刑期要服。

起义

扭曲的死者，看不到天上的星星；
他的头发粘在路面。夜晚渐冷。
活着的人打着寒战回家。
不敢待在这里，他们都吓到了，
一些人上山，一些人沉潜。
直到曙光初现，独裁垮台于
光天化日之下。可明天还会有人在工作中
绝望地啜泣。那种绝望会蔓延开来。

当他们睡觉时，他们似乎死了：即使女人也
闻到男人的气味，但他们看起来已经死了。
每具尸体都横七竖八地躺在
被鲜血染红的路面，像躺在一张荒凉的大床上：
长期的折磨只能到黎明时换一个简单的了断。

黑色的汗水凝结在每具尸体上。

可那个死者还躺在空旷的大街上。

一堆被阳光点燃的破衣服

靠在那死一般的墙角。躺在

大街上的人在向世界宣誓他们的信仰。

在凌乱的毛发和破布之间是苍蝇在

繁忙地寻觅着；行人如同苍蝇一样

沿着大街寻觅，大街上满是乞丐。

贫困写在他们胡子拉碴的脸上

给他们一些和平吧。老人

可能流血致死，

好像一只替罪羊，他想活着。活下去，

救自己，救每一个走在大街上的生灵。

但走在大街上却感觉会被星光杀死。

户外

男孩消失了，今早还没有回来。
留下的铁锹，钩子依然冰凉——
天亮了，无人想跟随他：
离开山岭。在他的这个年龄段
集聚着一长串的咒骂
却不能真正地沟通。
无人走在他身后。一个二月
微冷的黎明，每个树干都涂着
血块般的颜色。无人能闻到空气中
温暖的天气来了。

　　　　上午结束，
工厂的女人放工了。
在艳阳下伸展一下身体
狼吞着午餐——有半小时的休息。

空气是黏甜的，它在啃血色的树木

并把绿色的颤抖传到地心深处。

你抽着烟，看平静的天空，远方的山

遍染紫色。很惬意的是

在这里的阳光下躺几个小时。

你无顾忌地吃。精明的男孩——

即使他吃了，谁知道？最瘦的工人

说，他们当然会阻止你回到工作中，

但至少你可以吃。你也可以吸烟。

男人就像野兽：他宁愿什么也不做。

他们能在空气中闻到野兽的气味——男孩

在黎明中呼吸着。那儿有狗儿

最终会腐烂在沟里：大地会

带走一切。即使男孩饿死在沟里

谁知道？他在黎明时跑了

没有交代，骂了四遍，

他的鼻子在空气中抬高。

    他们在想什么

他们边等待，边像没有动力的羊群去工作。

艰难之活（二）

只有小男孩才会从家里跑到
大街上晃悠，但这个成年人
早已不是懵懂无知的小屁孩
竟然也在大街上晃荡着。

夏日的午后
烈日躺在
净空的广场
他驻足于
种满平凡树木的林荫道。
难道你还要孤独下去吗？
当你在广场和大街上不停地徘徊
整个世界都是空寂的。他想叫住一个女人
和她搭讪，说服她愿意和他共度一生。

可他只能自言自语，为何只有

夜里的醉汉

会对他讲述一个完整的人生故事。

在空寂的广场上等待着等待，

他期望结识一个人，可大街上的人

没有任何一个会片刻驻足。

如果他过着二人世界的生活

即使他在大街上游荡，也会想起家中

还有一个人等着他的归来。

就不会有什么烦恼再困扰他。

夜间，他再次逃到空无的广场

他漫无目的走着，虚幻的路灯下

他看不清那些若隐若现的房子

他感觉到脚下的石板路的坚硬

像是一位历经沧桑的老人的手掌

同他的手掌一样。

你不该在荒寂的广场再做停留，

去大街上吧，那里一定有心仪的女人

在你的恳求下，愿意和你共度一生。

作者画像

致莱奥内

那扇一直正对大街的窗户
像一个空无的深渊。夏天的忧郁
不知何故，定在空中，浮云飘过。
这里，无人经过。只有我们坐在这里。

我的同伴——发臭的人——坐在我旁边
在大庭广众之下，他不挪动身体
就脱掉自己的裤子。我脱下毛衣。
我们脚下的石头是冷的，而我的同伴
喜欢这个，我看着他，无人路过。
突然，在窗口，出现一个女人，
衣着光鲜。也许她闻到了这股味
想看看发生了什么。我的同伴也起身对看。
他脸上有蓄了很久的胡须

垂到脚踝，被裤子遮盖着，

翻开他的毛衣。胡须散发着恶臭。

当他从窗子跳进去，进入黑暗，

那女人消失了。我的眼睛转向

那片宁静而美好的长空——也是赤裸的。

我不难闻，因为我没有胡子。石头是

冷的，放在我背部皮肤上，女人们喜欢这皮肤

因为它是如此顺滑：女人们不喜欢什么？

可是没有女人经过。只有几只母狗经过

跟在一条被雨淋湿了皮毛，散发出难闻气味的

公狗的后面。安详的云从空中

俯看着，一动不动，像一堆叶子。

我的同行找到了他自己的晚餐。

当你赤裸时，女人会很好地款待你。最后

一个孩子出现在拐角处。他抽着烟，

他有一头卷发，坚韧的皮肤，鳗鱼一般的腿，

就像我一样。总有一天，这些女人将会想要

脱掉他的衣服，贪婪地嗅着那美妙的臭味。

在他经过时我伸出脚。他摔倒在地上，

我要了支烟。我们在那里沉默地抽着烟。

地中海

我的朋友喜欢胡侃乱说。

是否值得在有风的清晨和他见面？

我们中的一个在黎明时离开一个女人。

我们可以谈论潮湿的风，

我们看着行人走过寂静的街道；

但无人开口说话。我的朋友离开了，

当他抽烟时，他什么也不想，

他浑然不觉自我的存在。

                      黑人

也喜欢抽烟，我们在清晨看到他，

站在角落里喝酒——

外面，大海静候着。但红色的酒

和可爱的云不属于他：

他不想在早上喝酒。甚至不想在上午

还留有黎明的味道；

单调的日子，从看到黑人的地点

离开，黑人来自一个遥远的国度，

但他却不属于任何地方。

这儿的女人是容光焕发的，

街上满是海洋的味道。

我们不想和任何女人去散步：只想

坐在那海边倾听生活的想法

鲜艳的太阳唤醒沉睡的一切。

白人妇女走过，我们的女人，在黑人面前

没有人低头看一下他的手

是那么黑，甚至透不过气。

我们离开一个女人和黑暗中

我们所拥有的一切：

平静的内心，街道和美酒。

               此时路人

分散了我的注意力，我忽略了朋友

他开始在充满湿气的风中抽烟

但看起来似乎不太高兴。

　过了一会，他问我：
你还记得那个抽烟喝酒的黑人吗？

悲伤的晚餐

凉棚下的晚餐，
水在下面静静流动。
我们沉默地坐在月光下看着，
听流水的潺潺。
这缠绵的时刻令人心旷神怡。

我的同伴磨蹭着，
她可能仍在吃着一串葡萄，
她的嘴是如此刁巧；那味道在空中经久不散
如同黄色的月光。她的明眸，在黄昏，
甜得像葡萄，但她坚强的肩膀
和晒黑的脸颊蕴含着夏天的全部。

葡萄和面包留在白色的桌子上。

两把冷清的椅子相对摆放。

谁知道月光会展现什么，

其柔和的光照耀着远处的树林。

在黎明时寒冷的微风

吹走月亮和迷雾，有人会出现。

微弱的光线显露出大口吸气的

喉咙和抓不到食物的

颤手。水在黑暗中

流动着。既没有葡萄也没有面包来充饥。

葡萄的味道折磨着饥饿的幽灵

甚至不能舔一下已经沾在

葡萄上的露水。闪烁的

黎明，椅子相对摆放，独处着。

有时滴下来的水散发着

葡萄的气味，迟钝的女人站在草地上闻着，

而月光下一片沉默。有人出现，

像幽灵一样穿过森林，呼啸而过的

沙沙声就像一个说不出话的生灵，

躺在草地上，不接触土壤：

只有鼻孔抽动。冰冷的黎明，

拥抱一个身体将会获得新生。

比黄月光更强的可怕物种

渗入进树林，这是无尽的思念

为了触摸和品味那被吞噬的死寂。

在那时土壤里的雨水会折磨它们。

风景（四）

两个男人在河边抽烟。女子游动着
没有惊扰水面，她的眼前
只有绿水。在树木和天空之间，
绿水绵延而流，女人隐没身子
在其中滑动。云彩栖息在天空，
静止着。男人吐出的烟雾挂在半空。

在冰冷的水面下是草。她漂浮着，
悬停在水草上。但我们脚下的草
被我们踩烂。走在这些河岸，
没有比我们的身体更重的了。我们独自感受着大地。
大概她的身体在水里伸展开，
可以感受到贪婪的冷水侵蚀着
她晒黑的四肢，她的生命融化在

静止的绿水里。她的头一动不动。

她也已经躺在弯倒下来的草丛里。
半掩的脸上没有表情，目光掠过胳膊
凝视着草。我们屏住呼吸。
最初溅起的水珠，把她周围打湿，
悬浮在空气中。我们抽出的烟雾，也挂在空中。
现在，她回到岸上，她给我们讲着
她上来时，滴着水，树林中天色渐黑。
她的声音只能在水面上听见——
低沉而有力，和以前一样。

                        我们认为，
当我们躺在昏黑的河岸，冰凉的绿水
吞噬了她的身体。那时我们中的一个
潜入水中，翻腾着，搅动着
肩膀，打破静止的绿水。

母性

这个有三个儿子的男人：有一个
超重的身体。看着他走过，
你想象他的儿子也有同样的体型。
三个年轻的男人已经
有了类似父亲的骨架，
女人不再重要。尽管有了三个生命，
父亲的身体却没有任何损耗：男孩总有一天
要离开父亲各自走自己的人生之路。

曾经有个女人，
她有强壮的身体，对每一个儿子
都耗费心血，直到生第三个难产而死。
三个年轻人对她没有什么印象，他们的生活里没有女人
他们也不知道，是谁给了她力量生出他们，

她在他们的生活中消失。年轻时的女人
都是爱说笑的，但在人生的初期
说笑是危险的游戏。女人要学着
保持沉默，她一脸茫然地看着她的男人。

三个儿子常常喜欢耸耸肩膀
作为他们男性的标记。无人
知道在当时，他的眼里和体内涌动着
梦想，梦想做一个充实而满足的男人。
但照看其中的一个孩子
学游泳，男人不再感到
水中有妻子的身影闪过，他只高兴地
看着孩子们的身体没入水中。
如果他在任意一个时间在大街上
和儿子面对面遇到，他将认不出他们。
他的儿子多久以前出生？这三个年轻人
如今很傲慢，他们中的一个已经
犯了未婚生子的错误。

一代人

孩提时常常玩耍的这片田野

如今已变成街道。他曾和小伙伴在这里

玩捉迷藏，光着脚，他欢呼雀跃着。

他们欢快地脱掉鞋子踩在草丛上。

一天晚上，迎着远处的灯光他们会听到

来自城市的喧嚣回响，风呼啸而过

带着自然的怒吼。每个人都安静下来。

山坡上闪烁着微光

在风中消散。夜越来

越暗，最终一切都会沉寂下来，

而在他们的梦中将只有阵阵冷风吹袭。

（第二天早上，孩子们再来这里玩耍

却早把昨天的事儿忘个干净。这儿

有监狱里的囚犯，沉默不语，有人早已判了死刑。

他们已经清理干净满是血污的街道。

冷漠的城市，太阳升起之时

人们外出，他们看着彼此面无表情的脸。）

男孩们看着女人将会怀念起当年

在田野里的无知无畏。即便女人

什么也不说，事情也会发生。

当一个女孩出现，男孩们将会怀念当年

在田野里的无知无畏。他们的乐趣是在黑暗中

把那些女孩弄哭。我们就是那些男孩。

我们喜欢这个岁月侵袭的小镇：在晚上我们

沉默地看着远处的灯光，听那些喧嚣的回响。

男孩还是会去那些街道尽头的

田野里玩耍。在同样的夜晚。

我们在散发着清香的草地上漫步。

同样的囚犯。还有他们的女人

在那里，她们怀孕了，却什么都不说。

尤利西斯

老人烦透了，他的儿子很晚才降生。
有时他们面对面看着彼此，
僵局以一个耳光结束。（老人出门，
回来的时候，儿子对他做鬼脸
他不抬眼看一下。）如今，老人
坐在夜色弥漫的窗前，
无人经过，外面是冷清的街道。

早上男孩跑出去，到晚上
才回来。他坐在那里哭泣。他没有告诉任何人
他中午没吃饭。他感到
眼皮打架，就去床上睡会：
他的鞋子满是泥。今天是晴天
只有一个月以前下过一场雨。

穿过冰冷的窗户

飘来一片枯萎发烂的叶子。但老人

在暗处没有理它，整夜他都睡不着，

他想睡着，睡着就能忘记所有事情

就能像进行一次漫长的散步后获得轻松。

保持自己的热情，他大喊并挥拳猛击空气。

男孩很快就回来了，他的父亲没有打他。

男孩现在是一个年轻的男人，每天

发现新鲜的事物，不跟任何人说话。

在大街上什么也没有发生，站在窗前的

他什么也看不见。但男孩将会

整天在大街上游走。他再也不会跟在女人身后

不在外面调戏她们。他将老老实实地回家。

男孩会选择属于自己的离家方式

这是很普遍的情况，你什么也做不了。

返祖现象

当然，平静的日子，是不明显的。还有建在
大街旁的老房子。锤子
在男人手里，击打着鹅卵石
进入那下面的软泥。男孩，在今天上午，
离家出走，不能告诉正在工作的男人，
不要注视他。没有人在大街上工作。

男人从房子里走出，靠坐在阴凉处，
心情比阴云还冷，
他拍打鹅卵石打发时间，精神不太好。
敲击声传到远处
被阳光照耀的大街上。除了这个孩子
没有别的孩子在大街上——他是完全孤独的，
注意到剩下的不是女人就是男人：

他们没有看到他所看到的，他们只是赶路。

但是，男人在工作。那男孩，他看到，
内心的挣扎，男人可能在大街上
工作，坐在那里，像一个乞丐。
人们被牵引着争抢着仓促地
向前行进，也没有人在意，
在整个街道，谁领先或落后。
如果街道是属于我们所有人的，我们应该乐在其中
不用分心，我们走着四处观望——
走进阴影，走进阳光——穿过新鲜的空气。

每一条街道敞开就像一扇门
但无人进入。那人坐在那里
似乎没有引起注意，仿佛他是一个乞丐。
人们走来走去，整整一个上午。

凡间

晨光洒满黑色的山，洒在屋顶上
猫儿打着瞌睡。昨晚，有个男孩
从这个屋顶摔落，弄伤了背。
阵阵冷风吹拂着树上的叶子。
天上温暖的彤云在缓缓漂浮着。
一只流浪狗出现在下面的小巷，它嗅探着
卵石路上的男孩，呜呜地叫着
炊烟升起：还有人不快乐。

蟋蟀唱了一整夜，星星
被风吹灭了。天越来越亮，
一对猫儿的好事被搅黄，
猫和男孩对视。母猫在呜呜，
没有公猫在周围安慰她：

不在树顶，不在彤云中。

对着天空喵呜，如同在静夜里。

男孩窥探着猫儿怎么成好事。

流浪狗闻着男孩的身体，低声叫着；

他黎明时来到这里，背着光

从远处的山上爬过来。游过一条河

弄湿了自己和一片地，

他终于捕捉到光。母狗

还在吠叫。

    河流缓缓流淌，

在红色云朵中穿梭的鸟儿兴奋地

掠过这条新发现的枯河。

多情的女人

女孩们在黄昏时下到水里，
海水退去，一片静谧。每片叶子都
震颤着好像它们摆脱了树林，谨慎地
去坐在岸边的沙滩上吧。看着海的泡沫
玩它的焦躁的游戏，海岸延伸到远处。

女孩们都怕藏在海浪下的
海藻：它会缠住腿和肩膀，
以及任何裸露的皮肤。她们争相回到海滩，
喊朋友的名字，注视着身后。
正当影子映到海底，在光照下，
变得巨大，她们似乎不安地移动着，
仿佛会淹没上面的真身。树林，
日落，可以是比岩滩更安静的

天堂，但乌黑的女孩更享受

坐在这户外灰白的床单上。

她们挤在一起，用床单卷起

她们的腿，至于平静的海面

像黎明时的草地。现在还愿意和女孩

大胆地裸躺在草地上吗？海藻，

掠过她的脚，会突然上浮

抓绕住她颤抖的身体。

大海里有许多双眼睛；有时它们会闪耀。

赤裸的外国女人独自在晚上游泳，

甚至在没有月亮的黑夜，

消失了一个晚上就再也没有回来。

她很高大，那些海底闪着耀眼

白光的眼睛一定见过她。

八月的月亮

那儿，越过渐枯的山，是大海，

云朵在远处。但在大海和这里之间，

崩裂的天空下

恐惧的日子充溢在这片摇晃的山岭。

山上有一棵橄榄树

和一个不起眼的小水坑，

还有一茬茬的麦子：

它蔓延到我们目力所及的地方。

月亮升起。丈夫四腿朝天地躺在田里，

他的头骨在光天化日下被劈裂——

妻子不能像拖麻袋似地拖动一具

尸体。月亮升起，投下薄薄的阴影

在粗树枝下。女人在阴影中

被眼前满是血污的脸惊呆了，

血已经凝固了，灌满了这山的每一个洼陷。

无法移走的尸体躺在田野里

女人离开这里。悲伤的泪眼

似乎对某人眨了一下，就指明了方向。

远处光秃的群山震动着

女人听到身后，

好像有人跑着穿过麦海。

橄榄树枝，丢弃在月光照耀的海里，

现在开始涨潮了，树影摇晃

看来要把自己卷进海里，

连她也要大海被吞没了。

阴森的月光下，女人向前跑着，

在石路上沙沙的风在后面追着，

脚下的影子也紧追不舍，

她跑得肚子有点疼。她返回时，弯下腰，

瘫在石路上，咬着嘴唇。

在她身下，黑暗的土地混沌在血泊中。

燎原

瘦弱的青年男子从都灵归来。

他站在宽广的大海边，一块

半突出的岩石上演说着，

淡蓝色的天空下，

所有听众的眼睛里

都放着光：

        在都灵的那些夜晚

他最喜欢看那些大街上画着魅惑眼影

独自走着的女人。

她们的工作需要她们打扮自己，

她们中的每个都将为每个机会付出。晨光中

另一些在夜间寻欢作乐的家伙

在大街上闲庭信步。这些女人，她们等着，
她们很放松。没有什么能拒绝她们。

我听到海水再一次击打岸边的声响。
我看到，每个男孩的眼底都闪烁着
亮光。附近一长排看起来有些败落的
无花果树在疯狂地钻进那些红色的岩石中。

这些清闲的女人自顾自地抽着烟。
你可以晚上和她们相会
在早上和她们像个朋友一样喝咖啡。
她们都很年轻，她们完全抓住你的眼睛。
她们喜欢对着你笑，她们的动作优雅。
如果你在山上散步，在雨天相遇：
她们会像女孩般娇羞。
但她们知道怎么去爱。知道得比男人多。
她们活得潇洒，甚至当她们赤身裸体的时候
她们仍能坦然自若地和你交谈。

　　　　我听着。

呆望着瘦弱的青年男子，他深陷的眼眶

如此专心致志。他们也领会到青春的含义。

而我将会抽烟到深夜，再也记不起这个海边演讲。

庞齐奥·雷亚莱 [1]

挂在小窗上的那片宁静的天空

抚慰着心灵，让一些人在这里安详地死去。

一想到外面的世界有树木，有云朵和大地，

还有蓝天。这里就怨声四起——

这就是喧嚣的铁窗生涯。

这空洞的窗里

没有任何生机，而浓荫满盖的山岳

和蜿蜒的河流都在远方，只在远方。

那里有比轻风还清澈的水，

却从来没有人去那儿涤清自我。

1　庞齐奥·雷亚莱：意大利西西里地区的小乡村，帕韦泽曾被囚禁于此。

若隐若现的云

纯粹而洁白，漂浮在穹苍之上。

它俯视着群山和倾圮的房屋，

光芒在空中，迷路的鸟儿

盘旋在空气中。人们漫步

在河岸，无人留意

头上的那片云彩。

现在，透过那小窗，除了蓝天

别的什么都看不到：耳边，一只鸟儿的

啼鸣，撕心裂肺。而云朵

却可能挂在树梢或浮在河上。

男人倒在田野上贪婪地感受着自由

呼吸着草的芬芳。他的目光却一动不动，

只有草随风而动。他确实很像个死人。

风景（六）

今天，流经可爱之城的河上

升起薄雾，在田野和山岭之间，

云盖一如往常。烟雾和所有绿色植物

融为一体，但女人们一直走在

亮丽的光中。她们全都

似笑非笑：街上没有事发生。

云都能把我们灌醉。

上午

躺在空旷的沉寂中

什么声音都没有发出。甚至连在城里

没有住处的乞丐，也安静下来

当他饥饿的时候就闻一瓶白兰地。

却好像变得更饿了，忍不住

嘴里泛起甜蜜的味道，甚至在这样的天气
去外面搜寻着他记忆中闻过的香味。

每条街道，每个角落
都满是薄雾，持久地打着冷战：
他觉得自己不能放弃。他不能放弃
他心驰神往的从丰富的生活中
产生的东西，他发觉在一闪念中
自己置身于一所房子或一间饭店里。
假如那时有一匹高头大马穿过
黎明时的薄雾，他将侃侃而谈。

曾经离家出走的男孩在今天
归来，当雾出现在
河面上，忘记整个一生的
苦难，饥饿和背叛的信仰，
他在清晨待在角落里喝酒。
纵然他已经变了，也值得迎接他的归来。

艰难之活

(1943)

寡妇的儿子

一切都有可能发生在烟雾缭绕的酒馆。

外面的天空有明亮的星光，

秋天的雾里有榨葡萄汁的气味。

时至今日，粗粝的丰收歌曲

可能萦绕在山上空旷的田地；

时至今日，往昔的阴郁天空会再现，

小女人在那下面安坐，静待时光流逝。

她的佃农将返回，围在她四周

小声说着，等待着黎明

和她轻微的点头，他们的衣袖

卷到肘部，他们的脸斜对着大地。

蟋蟀的叫声将和铁器在磨刀石上

摩擦而出的刺耳声混合在一起。

风和低沉的夜间噪声将要停止。

小女人从椅子上站起来，生气地喊着。

远处的农民弯着腰干活。

小女人靠在打谷场的墙边，

注视着那些男人，舒缓着

胀得很大的肚子，正孕育着。在磨损的脸上，

她的笑容是微苦而急躁的，她的嗓音听来

好像有浓痰在喉咙里；她不愿接触农民。

太阳照射在打谷场，她的眼皮

因晒红而眨动着。紫色的雾覆盖在麦茬上，

黄色麦捆散落其间，小女人

蹒跚着，捂着肚子，走回家。

女人匆匆跑过空房间，

赶跑困意和恍惚的神情；

她跟随他们的作息下床。从大窗口

看到山丘，葡萄园和广阔的天空

让温柔的絮叨弥漫正在劳作的每个人。

小女人脸色惨白，收紧她的嘴唇

防止肚子的发作，听着急促的脚步声。

女人们会复原，他们准备好了。

去过那里的人

在黎明时，惨淡的月光和霜冻
侵袭着田里的麦子。

        在苍茫的田野，
发现有腐烂物（需要一段时间
太阳和雨才会埋葬这些死物），
它仍会兴奋地苏醒过来，看看
霜是否已经覆盖大地。汹涌的
月光下，我们有些人想到早晨时
新芽初露，一个绿意盎然的世界将出现。

他们看到农民的眼中满是泪水。
今年秋季，如果就这样的话，
焚烧物就是唯一的收获。

恶毒的月亮——它只是吃雾，

和霜冻，在晴朗的夜晚像咬人的蛇，

吞噬着绿色肥料。是这些喂食了

土地，形成了粮食。

不必东张西望，这一切都在败坏

和腐烂。这样早上你可以

醒来散步，就像一种新的生存方式，

进入了田野。

        后来，在那苍茫的田野，

他们会看到新发芽的庄稼，羞怯的绿色

从那些被埋葬的麦子上冒出，他们将不得不

翻耕土壤，烧杂草作为肥料。

因为日晒雨淋的地上只有杂草长得很好，

而霜冻在小麦成熟之前将不会再有。

夜晚

不是在有风的夜晚，只是在清澈的夜晚
记忆才轻轻浮现，它曾是那么遥远的
一段记忆。在那里存在着一些令人震颤的
虚无情节构成的平静。在那段被刻意忘却的
时光中，而今只剩下一个模糊的
印痕。

有时那些久远的神迹
会在白天返回，返回到夏日天空里
静止不动的光芒中。

借助墙上的一个假窗
孩子在凉爽的夜晚注视着
黑色山头，惊讶地发现那些山头

集结一团，忽而朦胧，忽而透明，忽而一动不动。树叶

在黑暗中沙沙作响，山显现出来

还有一切在白天才会发生的事情，那些山脊

树木还有藤本植物，有的活跃有的枯萎

每个生灵都那么不同，这世上有凛冽的风，

晴朗的天空和绿色的树叶，还有虚无的生命。

有时在

平静的一天结束后，清晰的记忆

显现在抖动的光芒中。

遇见

群山不但磨炼了我的身体

也给我那么多痛苦的记忆，那个曾经给我

带来惊喜的陌生女孩，我并不了解她。

我遇见她的那晚：天空

繁星点点，夏日的薄雾弥漫。

山中回音环绕着我们。

阴影加深，只有一个似乎是来自山上的

声音回荡着，这声音如此清晰而刺耳

而如今这些岁月的回响都消逝了。

有时候我看到她遇到我之前的生活，

就像一个明确而不可改动的记忆。

我从来没有能够留住她，她总在

现实中逃避我，使我远离她。

我不知道她有多美丽。在女人中间，她很年轻。

她想唤醒埋藏在

这些群山之中的童年记忆，

她如此年轻。充满朝气。她看到

遥远的天空里那些过往的早晨在向她挥手，

那双清澈的眼睛

比晨光遍布的群山更为纯净。

我从那些记忆深处唤起她的身影

这个我最亲爱的人，我没能留住她。

启示

孤独的男人再次发现那个小心眼的男孩

在全神贯注地观望着，像女人一样笑。

男孩以往用他的眼睛四处观望的时候，

突然的一瞥，就会射出率直

而陌生的目光。他的眼睛里隐藏着

一个秘密，一个关于起源的秘密。

孤独的男人被那些回忆挤压着心灵

被灼伤的神秘眼睛像烤焦的肉。

敏感而沉闷的生活。每个起源都是甜蜜的，

涌动着紧张和热情，光芒

来自那双眼睛。秘密在痛苦中模糊，

像一摊血。大自然制造出的恐惧

在林中安详的光里，在天空中。

有时男孩哭着滴下一些无声的眼泪

在柔和的夜晚，仿佛已经是一个男人了。

孤独的男人重新发现，在旧日的天空之下，

沉默寡言的目光中，女人离开并抛弃了

那个男孩。他再次看到那双眼睛，而那张脸

也轻微地变动着，露出那接近平日里的微笑。

清晨

给费尔南达·皮瓦诺

半开的窗子突然闪现出一张脸孔

正对着以海为背景的世界。漂浮的海藻

随着海水的波动缓慢地游移着。

在这张脸上没有任何往日的印记。

只有稍纵即逝的影子，像一片云彩。

影子潮湿而柔软得像一粒沙子

落在清新而空寂的黎明。

这儿没有过往的回忆，耳边只有涛声，

这大海的声音，在当下被记忆着。

半明半暗的黎明，朝露逐渐挥散，

熹微的晨光映照着这张脸。

每一天都是奇迹，永远都是这样，

沐浴在阳光里：萦绕于带着咸味的光
和充满活鱼味道的氛围中。

这张脸上没有任何过往的痕迹
没有话语能够道出
它和过往的联系。昨天
它消失在那扇小小的窗口
在一瞬间消失，不再有悲伤
或口头承诺，面对着
这个以海为背景的世界。

夏天（一）

在两堵矮墙之间，有一座明亮的花园，

这里有满园的荒草，和明媚的阳光

这阳光一天天把这花园的草地烤枯。

这充满海洋气息的阳光啊。

你呼吸着草的芬芳。你抚摸着头发

抖出头脑里关于草儿的记忆。

我看到了熟透的果实

频繁地落在那片我熟悉的草地上，

每一下都发出清脆的"扑通"声。

这一切都让你热血沸腾，眼前的这些

都让你惊叹不已。这时你转过头来

发现空气中有一个奇迹围绕着你，而你知道

你本身就是一个奇迹。你眼神中散发出的魅力和记忆深处潜藏的那种感觉相同。

你要用心倾听这一切。

你听到的话语，丝毫没有改变你的初衷。

从你的脸上我看到思想的光辉，那光芒照射

在你的肩膀，像一束来自海上的光芒。

你脸上的沉默触动你的心灵

它跳动着，渗出一滴滴

果汁般黏稠的旧日伤痛

到今天也没有消失。

夜曲

就像山岭喜欢在夜晚面对着晴空。

你也喜欢昂着头呆呆地面对苍穹，一动不动。

而天空在不停变幻着。于是你变成

一朵穿梭在树篱间的云。在你看来

笑声和奇幻的天空都不属于你。

山上的泥土和树叶黯淡了你那

闪亮的目光，就在那时，响起了黑暗的弥撒曲。

你的嘴巴张开如一座深不见底的

幽谷。你看起来是在

与崇山峻岭嬉戏，和洁净的天空玩耍。

那么就请你仿照那些过往的经验

使自己变得更加纯洁，更加透明。

可是你的生活在别处，

你那温和的血液流淌自别的地方。

那些你吐露的话语

和这悲伤而丑陋的天空没有任何交集。

因为你是那唯一的一朵温柔而甜美的白云

在夜幕下缠绕于苍老的树枝间。

苦难

我徘徊在那些街道上，直至我累死，

我学着怎样自力为生，如何应对

每个行人的眼睛里闪现的同一女人。

冷空气升起，激荡着我的血脉，

一种醒着的真实感比清晨时分

更为确定：唯一的一点是，我感觉更强壮了，

这个上午变得比以往更寒冷。

度过我二十岁的最后一个早晨。

明天，我二十一：明天我会走在大街上；

我记得每块石头，空中的每片云彩。

明天人们会重新认识我，

我的头会抬得更高，我甚至可能会长久地

凝视窗子上映衬出的自己。其他的早晨，

我年轻的时候不了解，甚至我都未察觉

它们就在我的虚度中溜走了，那时我有一个女人

属于我自己的女人。我从梦中唤醒

那个瘦小孩，就开始了持续多年的哭号。

而现在却仿佛哀号从来没有发生过。

而我想要的现在应该是多姿多彩的。色彩不会流泪，

它们会被唤醒：明天的多姿多彩

会到来。每个女人都会走在大街上，

每个人都神采焕发，甚至孩子。

而我的身体，带着天真的红色

经历过这么多的苍白之后，它将重新焕发生机。

我感觉到那些匆匆滑过的目光

我就知道，我就是我。环顾四周，

我看到自己在人群当中。每一个新的早晨

我都将走在大街上，寻找光彩。

风景（七）

清澈的塘面倒映着淡淡的光尽入
她的眼底。愤怒侵袭着——
太阳映射着下陷的石头的棱角。
早上醒来，重新发现她的存在，
不温柔也不体贴，就只是安静地坐在
一间孤立在天空下的石头房子里，呆望着。

她的小小身体浮现在阳光与阴影中
像一只迟钝的动物打量着四周，
也许除了色彩没有看到任何东西。
模糊的阴影悬垂在街上，她的身体，
勉强伸展，她的眼睛眯成一条缝，像背阴的
池塘将一切涌动潜藏在平静的表面之下。

宁静的天空映射着五彩的光芒。

脚步缓慢地踏在鹅卵石路上

似乎是踏在整个世界之上，忘记那些吧

例如她的微笑，如同海水般隐没了。

在表面之下，险恶的情况在酝酿。

在这里激起的每一个涟漪都不是

因为她的存在，这条街将变得越来越空寂。

宽容

无声的雨落在海面上。
穿过凌乱而空寂的街道，
一个孤独的女人走下火车：
她的外衣下是一条亮丽的裙子
映衬着她的腿，消失在黑暗的出口。

乡村可能隐没。晚上，
冷漠潜伏在每扇门前，那些房子
在黑暗中冒出蓝色的烟。窗口
闪耀着暗红色的光。光照耀在
那些紧闭门窗的黑房子之间。

第二天是冷的，阳光照射海面。
穿裙子的女人在喷泉边

洗漱，水被染红。她干枯的
金色头发，像剥落的橘皮
掉落地上。她斜眼看到温泉边
站着一个脏兮兮的孩童，被她迷住。
阴郁的女人打开面向广场的窗子
她们的丈夫将一直在黑暗中打盹。

当夜晚降临，雨又开始下了，
浇灭了许多热情。那些妻子，
吹着炭火，定睛看着黑房子
和无人的泉边。房子的窗子
都关闭了，可里面有一张床，
一个金发女人享受着生活。
每个人都在晚上休息，
每个男人都想在早上挽留住
一个在洗漱的金发女人。

农村妓女

这座有高高围墙的院子
形状像旁边的谷仓
经常沐浴在初升的阳光中。
身体醒在早晨的
一间凌乱而空寂的房间里，
首先是浓烈扑鼻的香水味。
即使这身体还裹在床单里，
在极度兴奋的体验过后，
它也得到了同样的满足。

她的身体只会被清晨长时间的
电话铃声惊醒，另一个慵懒的早晨
沉重的阴影重现：童年的
谷仓，沉重疲累的太阳

暴晒着闲散的门口。香水
全部渗入她那散发汗水的
头发里，发出熟悉的野性气味。
她身体中隐秘的乐源在阳光下
发散，宁静的爱抚——
好像要开始一场真正的性爱。

倦怠的身体在床上伸展着。
依然年轻丰满，像孩子的身体。
傻女孩闻着烟草和干草的
混合气味，被男人灵活的手
摸得浑身发抖：她喜欢玩游戏。
有时候，她和男人躺在干草里
玩耍，但他不去闻她的头发：
而是分开干草堆里她夹紧的双腿，
然后这个父亲般的男人搞她。
开在石缝里的花散发着香气。

这衰败而遥远的花香
常常在睡眠中缓缓飘起，
飘在阳光下的谷仓。没有人会了解

那些满是偷情的心酸回忆。

没有人能理解，除了那趴着的身体，

童年就在这样的焦虑和愚笨中过去。

后来

细雨落在山上。

雨也落在那些房子上：低矮的窗子
满是新鲜而泛绿的青苔。
她躺在我身边：窗子
蒙着雨雾，什么也看不清，我们赤裸着。
过一小时，身子迈着轻柔的步子
悄悄地穿过街道，
雨也迈着轻柔而疲倦的脚步落下。
她看不见被雨浇湿的
荒山：她穿过街道
她遇到的人什么都不知道。

傍晚时分，

山上飘起雪花，

窗户结起冰花。街道

此时变得冷清：山上

有模糊的生灵涌动在黑暗的物体中。

我们两具疲惫的身子

一起在潮气中睡去。

在温暖的黄昏，暖阳

发出明亮的光，街道上充满欢乐。

所有人都沉浸在这欢乐中

由外及内，化成身体的记忆。

女人懒散地走在落满树叶的街道上，

每个人都说着在这儿生活的点滴

我们被遗忘了，即便有奇迹发生。

在街道尽头的山上，

在房屋之间，她寻找和思考着

她从小窗子里看到的一切。

光秃的山已经被黑暗

和雨声笼罩。她不想在这里，

她有轻柔的身体和微笑。

但明天，在黑暗的天空下

她将迈着轻柔的步子

走到大街上，我们将见面，

即使我们预感到不妙。

挖沙工的黄昏

沉重的驳船按自己的方式缓慢上行，

勉强驶动，周围的水流起着水沫。

天快黑了，它们停下，保持间距：

在水下，铲子奋力铲动着。

其他的船，经过一天的航行，早就到了。

许多女人游过夕阳照射的

水面。她们在这里游泳，也许，跳上岸后

会在高高的草丛里应付男友。

黄昏时分，这条河很荒凉。两个或三个挖掘工

站在齐腰的水里，工装的下方：

腹股沟处结冰了，他们的背部疲累而麻木。

这些妇女只有苍白的记忆。

在黑暗中，驳船顺流而下，

穿过泥沙，吃水很深：每个人

坐在船边，嘴里含着根冒火星的烟。

每一双胳膊都用桨在水面上划着，

暖流贯穿疲惫的双腿，灯光闪烁

在远处。女人都消失了——

清晨，每个人都横躺在船板上，

一个年轻男人站在船尾，因撑船而出汗。

那些女人是可爱的：有时她们会露出，

半裸的身体和微笑，带着他们的男人隐没。

如果有些笨拙的家伙撞上驳船，

在挖掘工看来，他们的怒火会因

女人而熄灭，如果她们已经裸着躺在那里。

现在船快速行驶着，穿过水草，

回航，满是沉默，而万物聚焦

在点点火光，好像它会燃烧。现在，视力模糊

看不清的烟头离开了嘴巴，

溢满四肢的血液再次翻腾激荡。

下游，相距甚远的是闪着亮光的

都灵。两个或三个挖掘工的灯笼

挂在船首，但河水冷清。

155

当天长时间的劳动只留给他们疲惫，
腿几乎是僵死的。有些人只能想着
驳船快要靠岸了，就丢头倒在床上，
睡着了，也许在做着一个关于吃饭的梦。
其他人回想着阳光下的身体
找到去城市的动力，在这些灯下，
笑着。他们看着岸上的行人。

车夫

手推车在街道上吱嘎作响。
躺下睡吧，在黎明的黑暗中
做梦，这里没有单独的床。
灯笼挂在车下，
黑夜到白天，被吹熄，
只能对天发发牢骚。

推着车：温暖的酒馆里，
乳房在晴朗的夜晚扑向他，
快乐而疲累地安睡了。
推着车：记忆一直闪现，
嘈杂的话语消逝在寂静的黎明。
高高的热火苗在壁炉里闪烁
身体在白天到来之时焕发荣光。

粗哑的嗓音，手推车的

吱嘎声，显露于

灰冷而闪烁的天光下。

这就是昨日回忆中的闪耀。

它在今天将继续闪耀：热闹的

酒馆在深夜里弥漫着疲乏的

沙哑声。大家在露天广场里，

那些布满血丝的眼睛也将在那儿。

在温吞的黎明，男人躺在

晃动的粮袋上，他看着天空

那些过往的记忆呈现在麻袋上，

记忆沉落到昨日的黑暗中，

那里壁炉中的高火焰闪烁着。

一段回忆

没有人留下印记在这里。
一切都像梦一般消失了
在早晨，除了她留下来。
但此时的光射到她的额头，
她似乎很惊讶。她喜形于色地笑了
总是如此。

　　　　岁月没有淤积在
她的脸上或减少轻松的微笑
她闪耀在这世界。她做的一切
都坚定地做，每次似乎都是第一次；
她活到每个时刻的结束。她聚精会神
身体坚定，他们放开
柔软的嗓音，有点嘶哑：疲惫男人的

噪音。她因疲劳而无动于衷。

她撅着嘴，眯细眼睛
她等待着：无人敢动弹。
许多男人看过她暧昧的笑容，
她快速地舒展开额头。如果存在着
曾见过她悲叹的男人，也会被爱击败，
他每天不知道为谁努力付出，
她活在当下。

　　　独自在大街上，
她露出最暧昧的笑容。

嗓音

每天，孤独的房间寂静无声
只有轻柔的手势在空中挥动。
每天，只开一扇小窗子
沉默的气氛如旧。连沙哑甜蜜的
嗓音也不能打破这种冷漠的寂静。

沉默的气氛随空气蔓延开来
需要有人来说些什么打破沉默。
每天都是如此，没有声音打破沉默，
嘶哑的嗓音一直潜伏在静止的记忆里。
而突然明亮的窗口却伴着
那时的平静短暂地震颤起来。

每个手势的挥动都打破一时的平静。

嗓音发出，疼痛将复发，

在异样的气氛中挥动手指，

誓言，爱语，他说得这么温柔。

这个嗓音的发出将在持久的沉默中

带来短暂的震颤：即使这样会引起疼痛。

挥手带来的无谓的疼痛将复发，

岁月的喧嚣会震动所有事物。

但那嗓音不会重现，还有那遥远的私语

也不会在记忆里留存。一个冷战

飞驰过静止的光。在那个记忆的时刻，

轻柔而沙哑的嗓音最后保持沉默。

船夫的妻子

有时在黎明时的暖梦里，
她梦到自己娶了一个女人。

女人不具有做良母的条件，
虚弱而白净，缩着小脑袋
在房间里。冷暗的灯光下
等不到天亮，就开始工作
一切在沉默中发生：
女人之间不需要多说什么。

当她睡时，她知道船还在河上，
雨打湿了男人的背。
但新婚妻子赶紧关上门
靠着它，抬眼向上看着。

倾盆大雨啪啪地拍打着窗子，

女人抱出床板躺下思念着。

新婚妻子为了填补空虚

开始坐在床上吃起东西来。

新婚妻子偷偷地快速地吃，

在那些良母的眼里，她还是一个孩子，

她伸出一只手来摸到自己的脖子。

突然，她起身打开门：所有的船

都靠岸了。她赤着脚回到

床上，他们激烈地抱在一起。

她遇到的唇是冷而薄的，

但身体却融化在强烈的热情中。

那时的新婚妻子像睡在

母亲的怀中。她尽管很柔弱

却狡猾得像男孩，但睡着了又像女人。

她不知道如何在雨天行船。

外面，雨落在昏暗的灯光下

半开着的门前。呼呼的风吹入

空寂的房间。如果门敞开着
男人将进来，他将看到一切。
他什么也不说：他将带着
嘲弄的笑容拒绝失望的女人。

醉酒的老妇人

老女人曾经喜欢躺在阳光下
伸展手臂。肥胖的体重让她倒下，
按她的小脸蛋，像按柔软的土壤。

所有事物都烧毁了，只有太阳留存。
男人和酒背叛她，她的裙子里
有一具黑暗的骨头。但开裂的土地
如同火焰般沸腾。现在无法喊叫，
没有什么遗憾。闪光的日子将重返
她年轻的身体也将如同太阳般燃烧。

大山闪现在她的回忆里。
年轻，充满活力，如同她的身体。男人的脸
或刺鼻的酒味能够让

热血沸腾：她滚烫的热血

如同新鲜的草地。在葡萄园和小径之间

记忆重新闪现。女人一直躺着，

闭上眼睛，让身体享受着这片天空。

在裂开的土地里涌动着一颗健康的心脏。

像父亲一样强壮的胸膛，像男人一般的胸膛：

她将干瘪的脸压在地上。即使是父亲，

即使是男人，也会因背叛而死。他们的肉体，

像她的一样被毁灭。无论是温暖的大腿

还是刺鼻的酒味，都无法唤醒这些人。

在广阔的葡萄园，浓烈甜蜜的嗓音

在透明闪烁的阳光下窃窃私语着，

连空气都颤动着。她身边的草抖动。

初生的草，拥有太阳一般的能量。

死者中同样如此年轻的生命，

全都消逝在过往的记忆中。

风景（八）

深夜，风呼啸着，
记忆回荡在脑海
听潺潺的河流。水也
哗哗地流着，这黑暗，
好像那些死寂的年月。

这寂静黑暗中的流水声
和那远方的笑声，交谈声
以及其他噪音交汇在一起；
太阳发出暗淡的光芒，
照射着那些脸孔和河岸。
喧嚣的夏天。每张脸上都残存着
过往的滋味，像一个成熟的果子。

每个回眸都残存着

绿草的味道，而一切都

浸泡在海滨的晚霞里。

海洋的气息被保留在其中。

非常像夜间的海，朦胧的影子

汹涌着旧有的欲望跃向高空，

每晚都这样，死寂的声音

唤起大海翻滚的噪音。

抽纸烟的人

他带我来听他的乐队演奏。他坐在角落
张嘴吹单簧管。地狱般的狂欢开始。
外面，电闪雷鸣，风雨大作，
每五分钟轰隆闪耀一下。
在黑暗中，他们的脸
使劲全力扭动着，因为他们在演奏
记忆中的舞曲。精力充沛，他们都在后面
支持着我可怜的朋友。他的单簧管翻腾，
冲破喧嚣，越过它，就像一个孤独的灵魂
释放着，直到口干，陷入危险的寂静。

这件可怜的频繁使用的铜管乐器已经凹陷：
手把上的一些部分也不能使用，
他眉头紧锁地待在原地。

败坏的血，因太多的劳动

耗损——你可以听到它呻吟

在自身的脉动中，同时我的朋友挣扎着

引导他们，他自己的手硬化了因为挥动大锤，

因为推刨子，因为要勉强糊口。

他失去了所有老同志，他只有三十。

大部分是在战后的饥荒中长大的一群。

他们都来都灵讨生活，

发现不公。他学习到如何绷着脸，

在工厂里工作。学会了如何辨别

他人的饥饿和自己的疲劳——

不公是无处不在的。他试图通过散步

找到安宁，晚上，走在没有尽头的街道，

半睡半醒，却发现成千的路灯

照射着罪恶：沙哑的妇女和醉鬼，

蹒跚的玩偶，远离自己的家园，他是在

冬天来都灵的——工厂亮着灯，烟尘弥漫——

他学到了什么才是工作。他接受了这项工作

是命运艰难的一部分；如果所有的人都这样做，

或许会给这个世界多一些公正。

他找到了新的伙伴。他忍受长时间的谈话，
他听着，等着他们早点说完。
他接受了他的伙伴。他们的家庭
在各自的房子里，在城市的周围，
用他们填满外部世界。他们每个人
都感到绝望足以击溃世界。

今晚他们的声音听来刺耳，尽管他花了很多
时间指导每个成员。他忽略了轰鸣的雨
和闪烁的光。他面色严峻，
满是忧伤，几乎咬着乐器的吹口。
我看到这个表情之前，有一晚，只有我俩
和他的兄弟，比他多受了十年的折磨。
我们在昏暗的灯光下熬夜，哥哥学习
车床，他配置了一个，但不正常运作，
我可怜的朋友骂着命运使他一直困在那里，
锤子和刨子束缚他，赡养一对
从来没什么要求的老人。

　　　　这时候，他大叫
不是命运，使得世界变差

或使白昼突然发出亵渎神明的光芒：
人是有罪的。如果我们只能勉强留下，
挨饿与拯救，拒绝在生活中
使用我们的爱和虔诚，我们的家庭，
我们的污点，给我们带上镣铐。

政治犯

我们很早就去海鲜市场
为了换个心情：银色的鱼，
鲜红色的鱼，绿色的鱼和海蓝色的鱼。
海面上闪着粼粼的波浪，
鱼儿也很鲜活，而我们只想着早日回家。

女人们都很可爱，她们头上顶着陶罐，
橄榄绿般的，光滑细腻的陶罐，圆润丰满如同
女人的臀部的陶罐：我们都在想女人，
想和她们说说话，调调情，散散步。
想到这些，我们都笑了，海上落雨了。

雨水打湿了树叶，藤上最后的葡萄
还隐藏在深谷里，天空中布满

四散的流云，玫瑰色的彩虹

和欢乐的阳光。幸福在人间，

快乐在空中，没有人会在意我们。

我们想要回家了，我们在度过了一个

不眠之夜后的清晨产生了许多遐思。

我们津津有味地吃着甜蜜多汁的水果，

自由的鱼儿，快活地游在深沉的大海里。

我们已经沉醉了，我们不久就能回家了。

神话

有一天，年轻的神将变成一个男人，
没有痛苦，男人带着只有自己懂的
苍白笑容。高空的太阳一直
闪耀着红光在海滩上。当神降临的那天
无人知道他会显灵于哪个过往的沙滩。

我们在夏季终结的那个早晨醒来，
昨日的辉煌一直延续到剧烈的
动荡之前，我们听到血红太阳下的
崩坍声。世界的颜色被翻转了。
山不再和天连成一线，云
不再像水果般挂在天上；水晶不再
闪亮在水中。一个有信仰的男人
站在神显灵于此的地方鞠躬。

伟大的太阳已经过去，芬芳的土地，
敞开的街道，不知死期将至的人们
神采奕奕。至少不会在夏天死去。
如果有人消失了，只会是年轻的神
为了拯救无辜的人们而献身。
悲伤的阴云罩在他的头上。
他的脚步震颤着大地。

当下这个疲倦的时刻
所有人的四肢都很沉重
发麻：安详而倦怠的黎明时分
开始下雨。黑暗的海滩
看不清这个一闪而过的年轻人。
海洋的气息也没有使他复活。
男人半张着嘴
带着从容的微笑躺在大地上。

屋顶上的天堂

日子平静，伴着冷光，这光好像
晨光或暮色，窗口
悬浮着从天边飘来的污浊空气。

您有一天早上醒来，就不再睡去，
你最后的睡眠是温暖的：连影子
也是暖暖的。纵然一扇大窗口
可以涌进更多的阳光来填满房间。
爬上这些楼梯，就再不下来，
没有声音传入，也没有死者的面孔闪现。

当曙光照进空无的房间，
你不想起床，也没有任何理由起床。
这窗口装点着每一件事情

平静的光，近似一盏灯

淡淡的阴郁挂在脸上，凝视着

天花板。每段记忆都将化为

一团影子，毁坏成壁炉里的

渣滓。在毫无生息的眼睛里

记忆将燃烧，化为灰烬，直至昨天完结。

卑贱

孤独的男人再次返回监狱
每次他只吃一块面包。
在监狱里，他梦到冬眠的
野兔。在寒冷的雪天
他缩在靠街的墙角，喝着
凉水吃下一小块面包。

你相信以后的生活会有回报，
呼吸变得平和，那个冬天送来
温暖的酒馆里弥漫的葡萄酒香。
温暖的炉火，美味的晚餐。你相信——
你会实现这些。一晚，你在外面
捕捉野兔，而其他人则
在温暖中愉快地吃着。你透过窗户看着。

孤独的男人敢不敢进去喝一杯

在他冻僵之时，看着他的酒：

硝烟弥漫，气氛凝重。

在监狱里，他吃一小块面包之时闻到

野兔的气味，但现在他忘了面包或

别的任何食物的味道。甚至是醉酒的滋味。

孤独的男人想着那些土地，很高兴

知道它们已经被翻耕过。在空房间

他试着低声吟唱。他再次看到

顺着河岸生着的一丛野蔷薇干枯了

在八月时它还泛着绿。他唤着他的狗。

等到野兔出现，就不会觉得寒冷了。

本能

老头坐在自己的房门前，沐浴着
柔和的阳光，对世上的一切都不再挂心，
他旁观着那些狗儿遵循着自身的本能。

苍蝇萦绕在他那没有牙齿的嘴边。
他妻子在不久之前去世，她像
母狗一样闷骚，不会主动提出需求，
但她却会散发出本能的渴望，让老头子嗅到——
他还没有掉光牙齿前——在夜幕降临时，
他们会去床上翻云覆雨，一切机能都完好。

狗儿们太爽了，它们总是那般自由自在，
可以从早到晚地在大街上晃来晃去，
吃一点儿，睡一会儿，骑着母狗耍一会儿：

它们甚至等不到晚上。它们的动机

在它们的气味里，而它们的气味里有春意。

老家伙还记得往昔发生的事

他曾在麦田里体验过。

和哪个骚货已记不太清，但永远忘不了

烈日、汗水和他的希望，他希望可以持久地做下去。

就像现在他躺在床上，假想那些日子重返

他将一直做下去，就在麦田里。

逛街的女人驻足于街头观瞧；

路过的牧师转身离去，在公共场所

你可以做一切事情。甚至这个女人

谨慎地为了男人而改变，却被阻止。

只有男孩无法忍受这种游戏

他投掷石块。惹得老头满腔火起。

父亲（二）

一个人独自面对无边的大海，

等待晚上，等待早上。

孩子们在这里玩耍，但男子想看到

属于自己的孩子。水面上，

大片的云每天都反复地营造出

海市蜃楼，它映照出孩子的

脸。而大海将永远在那儿。

上午是伤心的。太阳升起于

潮湿的沙滩，映照着渔网和石堆。

男人去海边散步

在浑浊的光中，看不清沙滩上

冒出的潮湿泡沫，它永不会消停。

在这时，孩子们还在他们温暖的床上

打瞌睡。同时女人也在床上

打瞌睡——她想要做爱

不管她是否孤单。男子边走边脱衣服，

现在他和远方的女人一样赤裸，下了海。

于是到晚上，当海退潮，你可以听到

星空下的虚无。孩子

在红色的房子躺下睡觉，

有些孩子会夜哭。男子厌倦了等待，

抬头望着星星，没有听到一点动静。

这个时刻女人正在哄他们的宝贝

上床睡觉。等他们睡着，男人就把

他们抱回他们自己的床。嘶哑的喘息

从熏黑的窗户飘来，没有人听到它

但男人知道所有的海都单调乏味。

晨星

孤单的他起身之时，海上仍漆黑一片

天上，星光灿烂，阵阵暖风

从岸边吹来，大海沉睡着

呼吸着甜蜜的空气，此时什么也不会发生

甚至连他叼在嘴边的烟斗都熄灭了。

到了晚上，大海轻柔地翻滚着波涛。

孤单的他点燃一堆篝火

看着它把地面烧红。大海也被映红，

不久，它也将汹涌，如这堆篝火般激烈。

一天当中没有什么时刻比黎明时更痛苦，

尤其当无所事事之时。因此没有什么比无所事事

更痛苦。一颗发出暗绿色光芒的星，无力地

挂在暮色弥漫的空中，

俯视着依然黯淡的大海和那堆篝火，
当他坐在篝火前，让自己暖和起来。
他睡着了，他梦到白雪覆盖的
阴郁山区。时间停滞了，
对一个无所期待的人来说，是残酷的。

漫长的一天开始了，值得为太阳
在海面上的起落而烦心吗？
明天又将迎来一个暖和而清净的拂晓
一切都会像昨天一样，什么都不会发生。
孤单的男人只想睡觉，别的什么都不想。
当最后一颗星星在还天空闪烁之时，
他缓缓地拿出早就准备好的烟斗，点燃了它。

不满之诗

献给女友的诗

我和女孩一言不发地散着步
在大街上我想开口说些什么。是在晚上,
林荫道的两旁是绿树和路灯。
这是我们第三次约会。
女孩很困难地做着尴尬的抉择:
咖啡馆排除了,因为我们无法忍受人群,
电影院,也是如此,因为第一次约会时
我们去了那里……我们不应该再去,
如果只是因为我们没有相爱。

　　　　　　因此,让我们继续走下去
一直走到波河,走到桥边,我们将看着宫殿的灯光
和路灯射出的光倒映在水中。

死寂的第三次约会。

我知道，她可以被视作一个陌生人

谁会在黑暗的房间里亲吻和拥抱她

当房间里的暗处有另一对抱在一起，

当管弦乐队——一架钢琴——演奏着《阿依达》。

我们走在大道上，与其他人一起。

这里也有一个管弦乐队，尖叫声，歌声，

金属的震荡声像颠簸的电车。

我把她拉向我，看着她的眼睛：

她看着我，什么也不说，只笑着。

我了解她，我一直都知道女孩们想些什么：

她的工作，她的悲伤，而且，如果我问她，

"你今晚想死吗？"她说是的。

"那我们之间的关系呢？""我们的事是别的东西，

它只停留在当下。"（那里她被男友抱住。）

哦美丽的姑娘，今晚我不是那个男孩，

鲁莽大胆，在大街上赢得了你的一个吻

被前面的一位老人惊奇地观望。

今晚，我带着最悲惨的想法走着，

就像当你说你愿意，你可能会死。

并不是说我希望死去。那些日子已经过去了，

而且，"我们并不相爱"。一群人经过，

急迫而混乱，你也在人群中，

像其他人一样，你从我的身边走过。

并不是说我恨你——你曾经相信过什么？——

但我很孤独，我会一直孤独下去。

我们在波河边上——"这是怡人爽朗的夜晚。

光柱……照在码头的转弯处：

在黑暗中，它看起来几乎像在海边。"

她愉快地和我交谈，握着我：

在桥上，我也握着她更紧了。

刚才的管弦乐队好像紧跟着我们。

山上漆黑一片。"你会去登山吗？"

"不是这些山，而是更遥远的山。让我们驻足观望……"

我的美女，纵然你是活生生的

我的手在你的臀部摸来摸去，

今晚我真的不会更加渴求你的身体。

我了解你，我一直都知道女孩们想些什么

你淡蓝色丝制裙子下有你的热望，

你的工作，充满悲伤，有一天我也许会一样，

如果你曾经——谁会了解？——放弃你的顾忌。

但我现在不说话了，独自一人，

我会直到死的那天保持单身。

这不是骄傲，我的女孩，我早已忘记了我的骄傲，

只是我不希望任何人把我从我的生活中带走。

"今晚乘船如何？""这太棒了，就让我们待在这儿吧。"

"不，别这样，你靠近我一些。""但是，这里太黑了，
我们会掉下去的。"

"你想我们在这里做什么，仰望天空吗？"

"但这儿很美。""来吧。静止的水面很惬意。

他们会给我们一个灯船。"我对她说，并握着

她温润的手，笨拙地给她一吻

吻在脸颊上。我冲她的下半身开始摸索，她却挡住我

不好意思地连说几声："停一下吧，好好看看风景。"

女教师

我拥有自己的葡萄园，野生李子树和栗树林，

我已经吃了一辈子的水果在那里成熟，

我美丽的山丘——我总是想象

他们有一种更好的我从未尝过的水果。

你六岁时，只在夏天来过乡下，

你会做得很好，如果你能管好

逃出家门去吃酸果的

赤脚放牛娃。

夏季的天空，在草地上伸展着，

我们谈论着辗转于耍闹和争吵之间的妇女，

别的孩子知道各种秘密，

他们低声嘲笑着我们绝妙的闲聊。

跑过路上的凉亭，你仍然可以看到，

每周日，撑阳伞的人都从镇子里走来；

但凉亭太远，男孩早已不在。

我有许多教友。她们总是
来到阳台上撑起遮阳伞，
身着白色夏装，说着笑话：
关于女教师的。她们可能一直在读书
会互相传阅——伤感的爱情小说——
或舞蹈，或男孩。我听着，隐约不安，
但还没有想到她们裸露的手臂，
闪闪发光的头发。我唯一重大的时刻
是她们将选择我带领小团体
去葡萄园里吃葡萄。
她们当然会取笑我。其中一个问我
是不是还没有女朋友。
我恼怒了。我和她们待在一起
我可以炫耀：我怎么顺利爬上树
发现最好的水果，我能跑很快。

当我走下火车轨道，我曾经遇到过，
这些女孩中最害羞的，心烦意乱的她
有着被太阳晒白的头发。她的朋友叫她弗洛拉，

她不会说方言。当我看到她，

我向火车信号器投掷石块。她问我

我的家人是否知道我的勇猛。

我糊涂了。那时可怜的弗洛拉让我和她一起，

由她带头，她说，去拜访我的教友。

这是一个美丽初夏的午后，

有一些影子很快闪到那里

我们横穿田野。靠近我身边，

弗洛拉问我一个问题，我不再记得。

我们来到一条小溪边，我想我能跳过：

却在离岸一半的地方掉入满是杂草的水里。

弗洛拉在岸上大声笑着看着我，

然后坐了下来，非要我把目光移开。

我是如此紧张。当我听见水流

在她身边冲洗，我赶紧转身朝向她。

她隐秘的身体优美而强壮，

她下到岸边，她的腿显露

耀眼的白色。（她没有工作，她很有钱。）

她略微数落着我，很快穿上衣服，

但不久我们都笑了，我们拉着手。

剩下的路途我太高兴了。

当我们到了房里，却不打屁股。

在这些地方有许多像弗洛拉这样的情人。

她们是这些山中最健康的水果，

跟着富有的亲戚，她们会明白要学习什么，

一些人甚至在田里帮忙。她们看着你，

脸上充满自信，认真和欲望：

她们穿得像年轻的城里女孩一样。

她们从书上取奇特的名字：

弗洛拉，丽迪雅，科德莉亚；既不是一串串葡萄

也不是一行行杨树，可能是什么样的美女。

我总是想象其中一个说：

我的梦想是活着，直到我三十岁

有一座山顶上的房子，

被风吹袭着，谈及我自己

只带着一些植物，它们在山上疯狂地长。

她们深知生活是什么样的：在学校

她们经历一切可能的痛苦，

坦诚而残忍的小混蛋，

她们仍然年轻。一旦她们老了……

但我无法想象她们老了；对于我来说，

在我的脑海里，她们将永远是女教师，
撑着可爱的小阳伞，身着白色衣服——
山丘，相当坚固，被烧焦了，作为背景——
我的水果，最好的水果，每年都有回报。

堕落的女人

这是正确对待她们的方式。

夸赞比怜悯要好

然后带她们到床上。

"我们所有人的生活中都有很强的欲求,"

换言之,"我们所有的不幸都因为这个,

但如果一个女孩想进入这个行当

我将愤怒地阻止,否则我会开始报复。"

怜悯总是浪费时间,

生活是庞杂的,怜悯不会改变它,

最好还是默默地咬紧牙关。

　　　　　　　一天晚上,

我乘火车,身边坐着一位穿着朴素裙子的

女士。认真而严肃的表情写在她的脸上。
外面，淡淡的灯光和灰绿色的土地
擦洗出一个新的世界。只有我们两个
在第三等车厢，女士和我，都是年轻人。
在这样的年纪，我不知道如何搭话
当我想着女人时，我会哭。在这样的
旅途中，我紧张地看着，她抽着烟，
有时也看看我。我没有说话，
我脑中一片空白，但仍然热血沸腾
那坦率的目光，某人瞬间的笑声
谁愿意努力工作，在沉默中
接受生活带来的一切。

　　一个朋友，那些中的一个
有话要说，愿意拯救
一个女人，擦干她的泪，让她高兴。
"不，我们所有人的生活中都有很强的欲求
如果狠心是我们仅有的力量
没有更好的路了，我们命该如此。"

你可以救下成千的女人，但我看着那些人

得意地抽着烟，脸上带着疲惫的微笑——

我的好朋友们——将一直在那儿

默默忍受着，从大家手中挣钱。

忧伤蓝调

没有什么不好，带一个女孩

去你的房间听唱片。

那种时刻将来临，唱片转尽，

我们中的任何一个都听不到。

你懂的——我们还比他们年轻，

这些音乐，这些噪音，激昂的生命如此有力。

不好的部分随着我在沙发上开始

而女孩嗯哼着，很烦人，你起身

重新播放一些往日里常听的蓝调唱片。

来自美国的东西都很欢快，即便是蓝调唱片。

但听的还是那些歌手，播放，回放，

欣赏着他们的演唱，一直是那种唱腔——

这已是昨天，而今天早已不同

我有点想回到过去，回到那个时候

当女孩要起身，对着我嗯哼，

而我就再次播放旧唱片——常听的蓝调唱片。

歌

云朵随风在世间跳动，

只要它们聚集在都灵上空，

生活会变好的。我抬起头

观看精彩的比赛在阳光下展开。

结实的白人劳动者站在凄凉的风中

围在那儿——有时风会吹散他们

队伍就像一条随风摆动的光帆。

屋顶之上，成片的云彩

覆盖了一切：人群，石堆和喧嚣的世界。

时常我站着池塘边，低下头找寻着

清清的水面上闪现的云朵。

树木连接着天空和大地。

大城市如同森林般浩瀚——

站在街上，由下往上，我们瞥见天空。

像那些波河岸边的生机勃勃的树木，

许多房子暴晒于烈日下。

树木也难以忍受，枯萎在云层下；

男人会流血而死——但他在天地之间

快乐地歌唱，歌唱城市和森林里的

伟大的奇迹。明天还有时间

爬进我的壳里，咬紧牙齿。如今生命中的

云彩、植物和街道，都消失在天空中。

悲伤的酒（一）

每当我坐在酒馆的角落里惬意地

喝着白兰地，鸡奸者也在这里，孩子们

兴奋地尖叫着，失业者也在，

附近的一些漂亮女孩，全在驱散

我抽出的一缕烟雾。情况就是如此，孩子，

坦率地说，我在卢森托 工作。

但是那个声音，老男人悲伤的声音

（四十岁上下，也许？）握住我的手

在冷夜里跟着我走回我的房子，

他的声音就像老旧的短号——

我永远不会忘记它，到死也不会忘。

他没有说喝酒，只对我倾诉着

我抽着烟忍受着他的聒噪。

"抽烟斗的人，"他宣称，晃了一下头，

"总是可以信任的！"我点点头。

我回来找那些健康而善良的女孩，
她们的裙子剪得很高——节食几个月的结果——
我结婚了，因为我喝醉了
而其他人很清醒——糊涂的爱情。
我娶了最粗鲁，最强壮的女孩
因此我再次品味生活，因此我不愿死在
办公桌后面，办公室里都是陌生人。
对我来说，内拉也是，一个飞行学员
在我之前看上了她，对她下了手。
他现在已经死了，那个懦夫——可怜的孩子——
在天上失控——我想我是懦夫。
现在，她有孩子——谁知道是不是他的——
她花所有时间在家，我只是一个陌生人
无法让她一直快乐。我不敢说什么
无法给内拉承诺，她只是看着我。

这是非常好的，他哭诉着，
酒醉式的哭诉，他整个身体都如此。
他搭在我的肩膀上说，我们之间，

始终尊重，我在那儿，打着冷战，
想离开，并扶着他一起走。

喝白兰地是惬意的，但还有一种快乐
就是听虚弱的老人发牢骚
是谁从前方归来需要你的宽恕。
我将永远对这种生活满意吗？
坦率地说，我在卢森托工作。
我将永远对这种生活满意吗？

当我年少时

我不知道为什么那晚我会在田间。

我被烈日折磨得精疲力竭

假扮成受伤的印第安人。那些天，

我单独爬上山头，照看野牛，

射彩镖，挥舞长矛。

那天晚上，我盛装打扮。

空气清凉，紫花苜蓿

像深色的天鹅绒，点缀着灰红色的

鲜花，布满云团的天空下

植物露出半截茎部。男孩仰面躺下

凝视着天空，听到别人艳羡别墅生活。

但落日是那么耀眼。最好闭上眼睛，

享受绿草的拥抱。就像被水环绕着一般。

一个突然的声音抵达阴凉处的我：

田地的主人，不喜欢我们，

停下来看着我潜入池塘，

认出我，来自别墅的男孩，愤怒地说

我会弄破衣服，最好先去洗洗脸。

我惊跳到草滩。愣在那里

看到恐惧布满那张黝黑的脸上。

有一个好机会可以用箭射向男人！

可男孩没有足够的勇气。我自言自语

空中回荡着男人的呵斥声阻止了我。

假如现在，我会假装是冷静思索后的行动，

但那天晚上我在沉默中离开，抓紧我的箭，

嘀咕着，喊出来的话像一个垂死的英雄。

我很沮丧，或许在愤怒的目光下

那男人会攻击我。我觉得我很惭愧，

如同听到一个粗俗的笑话时就只好赔笑。

但我担惊受怕。我必须逃离：我消失了。

在晚上，我哭了，咬着枕头，

我嘴里尝到血的味道。

男人死了。苜蓿已经被锄掉，

但我看到自己跳跃在农地里，

我觉得好奇，边走，边自言自语，茫然无知，

好像有一个晒黑的高大男人在这晚和我交谈。

短暂的幸福

波河岸边的山脚下一片焦黄，

我们爬上去获取充足的阳光。

这个女人告诉我——仿佛我们是朋友——

明天我离开都灵，再也不回来了。

我厌倦一生都荒废在监狱里。

空气中淡淡的泥土清香，飘到树上，

当下，大家在都灵的监狱里劳动。

我会回到父母身边，在那里至少可以独处

不再哭着想起普通人的生活。

我会穿上围裙，去除现有的粗鲁

在家人面前；我会整个冬天待在室内。

在乡下，十一月是最美的：

土黄色的叶子，清晨的雾气

被阳光透射而过。我这样对待自己

我呼吸着晨光中的冷空气。

我要走了，因为如今的都灵太漂亮：

我喜欢漫步在城中看人来人往，

然而我把自己关起来，直到一切暗下来，

忍受着夜的孤独。她想让我靠近

仿佛我们是朋友，今天她丢下工作

去找一个朋友。我能单独留下吗？

昼与夜——办公室——楼梯——卧室。

即使我想晚上散步，也无处可去，

我打算回家，第二天我不想起床。

都灵是如此美丽——如果你会欣赏它——

如果你还活着。广场和街道

以及那些树木都散发出

暖阳的气息。你可以回到你的小镇。

不过，都灵是最美丽的城镇。

如果我今天找到一个朋友，我会永远留在这里。

.

艰难之活（一）

穿戴整齐地躺在草地上，他们看着对方
在细长的草秆之间：女人咬他的头发，
草叶倾倒。她看起来有点凌乱，笑声传遍草地。
男人拿住她纤细的手唶咬着
斜靠着她的身体。女人推开他。
地里一半的草现在已经被弄皱。
女友坐起来，整理着头发
不看躺在那里瞪大眼睛的男人。

在晚上他们相望着坐在桌前，
人们不断地从身旁经过。
不时地有一些明亮的色彩让他们分神。
不时地他想到无意义的一天要过去，
都花在追这个女人的事上

谁喜欢贴近他，看他的眼睛。

如果他用脚碰触她的腿，他知道

他们会看到彼此脸上的惊喜

和一个微笑，女人是兴奋的。其他女人经过

不看他的脸，但至少她们会在今晚

裸裎于男人面前。或许每个女人

只爱那个在一无所获后成功的男人。

整整一天，他们已经互相追逐，女人的脸颊

被太阳晒得通红。在她心里她很中意他。

她记得在树林里被脚步声打断的狂吻，

一直让她热情如火。

她紧握着一串聚集在石洞旁的

绿色蕨草，转身给他一个

长长的回眸。他看着带硬块的

黑色叶柄挣脱摇晃的绿草。

欲望被唤醒了，另一个硬物

他感觉到就在他浅色西装下面

可女人什么都不知道。甚至不能

因为有女孩爱他而生他的气，

减少突袭式的吻，让他握住她的手。

但今晚，当他离开她，他知道他会走：
他会回到家里平躺下，他累垮了，
但至少他满足的身体会喜欢
在空寂的床上甜蜜地睡去。
只是，致命的问题是他会想象
女人的身体，他将毫无顾忌地，
充满欲望地占有她的身体。

未想通的人们

雨落在广场和街道，

落在兵营和山上，全都浪费了。

明天上午，树将被洗净，

兵营操场也会变得潮湿

我们的腿上会溅到泥：城里的建筑

都非常喜欢这雨，喜欢它落在屋顶。

（在户外，雨在黑暗中覆盖所有街道，

到了明天，草会疯长。）

雨水在今晚酣畅淋漓地下着

落在沟渠，落在山坡，落在地上让土变黄

混着泥水和叶子。但在其上氤氲着

泥土的气息，干瘪发臭的花儿也在尽情地

吸收着水分，鲜花簇拥的别墅
雨滴落着，从山的那一边，
葡萄园的清新在风中抵达。

（在户外，雨落在广场和大街上——
但不要紧：酒会温暖我们
这温度会延续到我们明天酒醒之时）

在潮湿的风中弥漫着石头的气息，
只不过有车轮压过路面，有一些女人经过
没有人认识她们。在城里，女人
总有不同类型，可完美的女人是没有的。
但是妓院在当下却是个甜蜜的地方
妓女假装快乐。而这就是她们的生活
象生活在军营里，她们的工作很乏味。

（不必担心：女人将会用身体温暖我们
我们到了第二天还会感觉到那温度）。

幻梦的终结

他无法复活了。摸着深陷的眼窝

感受着这大地的震动，

这大地，甚至到黎明，也不能静下来。

可一具尸体还是留下了太多的清醒。

我们只有这种力量：在大地震动之前

开始每天的生活，我们在

寂静的天空下等待着被唤醒。

在黎明时有这么多的苦差是令人震惊的；

只能通过唤醒内部的清醒来完成工作。

但我们苟活着，在工作之前，

打着冷战再一次唤醒脚下的大地。

就是这个时刻。过后它将和我们一起沉寂。

如果触摸那张脸的手不再抖动——

如果活的手感触到鲜活的生灵——

如果一切成真，只有一种冰冷存在

土地冰冷，在黎明时结冰，

也许它觉醒了，在黎明时分

一切静止的事物，会再次发声。但我的手

颤抖了，一切类似于手的事物

都冻结了。

在另外的黎明时分醒来，

带着干燥的痛，一滴轻柔的眼泪，

也会是一个解脱。无法形容

从土地上得到的快乐，刹那间，

死亡将再次降临。现在，这具等待中的躯体

残留了太多的清醒，无法复归大地。

他们僵硬的嘴唇甚至说不出话来。

妒忌（一）

他坐在前面，慢慢倒空第一批酒瓶，
斜眼看着他的对手。
他等着酒的咕嘟声。他茫然直视着
带着些许嘲弄。如果他的肌肉还在抖，
对手也应如此。他强迫自己
不要一饮而尽立刻喝醉。

远处的森林，他听到舞曲，看到
摇晃的灯笼——只剩下女人
留在台上。掌掴金发女郎
促使围观的众人为争吵叫好。
对手尝到了嘴里愤怒的
血味；现在他们尝到酒的味道。
为了出拳有力他们必须独处，

像你为了做爱，总是在夜间寻觅。

台上，纸灯和女人们
不在冷风中吹了。金发女人，
坐立不安地想笑，想象一个
两人对打流血的场景。
她听到他们阴沉的喊叫越过森林。
浮在舞场上，一对女人转了一圈；
其中一个站在金发女人的周围，
问她的脸有没有受伤。

为了出拳有力，你必须独处。
朋友们中间总有一个会泄密，
给比赛设置一些戏剧效果。喝酒比赛
不是一个发泄：他觉得愤怒的
咕噜声在燃烧的喉咙里打着嗝。
现在平静的对手，将手放在酒杯上
喝干了它。他喝干了一升酒
又看着另一升酒。丢掉空酒瓶
沸腾的血液燥得像在烤箱里。
朋友站在一旁，他们的脸色煞白

犹豫不决，勉强听到他们的声音。

他看着酒瓶。觉得身处他乡。今晚，

金发女人未上钩，她会独自回家。

悲伤的酒（二）

坐着发呆是一件很煎熬的事。

时光轻易地消逝了。三口酒

下肚，酒劲上头，独坐思索。

耳边满是嗡嗡的噪声

一切退隐，盯着玻璃杯

希望一个突然的奇迹降临。工作

（男人独酌之时不能想工作）

将如同古老命运一般再次让他感觉到

痛苦。不久眼睛就如同瞎子一般

看不见令人伤心的世间。

如果男人起身回家去睡觉，

他会看起来像迷路的盲人。任何人都可能

从猜不到的地方跳出来狠狠地打他。

一个美丽年轻的女人可能会闪现，
在大街上躺在他的下面，呻吟着，
以过去躺在他下面的那种方式呻吟着。
但男人并没有感觉。他只想着回家睡觉
生活将变得毫无意义，除了寂静中的回响。

脱掉这个男人的衣服，你会发现憔悴的身体，
皮衣的上下打着补丁。谁会想到
眼前的这个男人曾经是
多么的容光焕发？没有人猜到
曾有一个女人温柔地抚摸过这个男人，
和他激烈的热吻，为他伤心流泪，
而现在这个男人回到家里，
只能孤枕难眠地独自叹息。

造化

我活着，在黎明时被星光惊醒。

我的同伴继续昏睡着。

所有同伴都在睡觉。今天是个晴天

天空清澈地倒映着我的脸孔。

在远处，一位老人走路去上班

享受着清晨。我们没有什么不同，

都呼吸着同样一丝淡淡的黎明

同时我们随意地抽烟，麻痹我们的饥饿感。

老人家必须要有强健的身体，这很

重要——他应该赤膊挺立着迎接清晨的到来。

生命在这个清晨如流水般逝去

在阳光下：环绕在我们身边的是清澈的

大河，所有尸体很快就会被发现。

这儿有灿烂的阳光和明净的空气

是残酷的疲惫把我们打败，在阳光下

在寂静中。我的同伴将会在这里——

那些尸体有共同的秘密，每一个都有自己的嗓音。

在黎明之前，没有任何声音打破

这片寂静的河水。在这片天空之下

没有任何事情改变。只有一颗黯淡的星温暖人心。

一种恐惧感触动着焦虑的清晨

如此真切，仿佛我们之中没有一个是清醒的。

和平年代

老人喜欢在黎明被残留的星光惊醒
然后喝一杯，再去街上散步。
大家都知道，这世界是如何终结的：
你会发现自己身处一群愚民之中
看重或关心平和的他们是没有益处的。

老人开始漫步于黎明时的街道
没有人知晓他看重和关心什么，
他曾经年轻，而如今世界是年轻人的。
连狗都知道他的身体是什么样子，
干瘪而虚弱，如何度过他的早晨，
他看着那些年轻男女的身体，
确信他们的强健。但年轻人的眼睛
没有注意到这位漫步街头的老人，

焦躁不安，每个生灵，他都一无所知。

街道仍然如旧，当然，
早晨也保留了光彩。可一个年轻人
决定打他或朝他扔石头
将什么感觉都没有，老人不会知道，
但他认为有关的一切都是缘分：
他为生活中所有的年轻人和老年人着想。

他非常不安地想过，有一天
即使年轻人也会老，没有人会知道
备受关注的陌生人会偶然碰到什么。
但是世界的一瞥将在大家面前铺开，
每个人都在早晨醒来。变得更老，
他还是会沉醉于给人惊喜的曙光
走在街上的一群为生活忙碌的人中间。

.

其他时刻

即使可怜的傻瓜瞎了一只血红的眼球，
可另一只却对我眨眼，翻腾着他的梦想。

眼睛是雪亮的，像猫一样，
她们即使在黑暗中也可以看清；
关灯对一个新娘毫无意义。
鸟儿会飞上天，飞在云层之上，
但他将能够到那里像摘水果般
摘下它们。在冬日晴朗的天空下，
他将能看到月亮上的冰山。

他是个壮硕的男孩：在他有胡子之前
他能扛起一公担的东西。漫长的冬日

他整天在雨中工作，皮肤冒汗，

从不咳嗽。和他交往过的女孩

都很迷他；他还是撇下她们不管。

在斗殴中，他会撇下对手不管：

会再有女孩的——她们太迷恋

醉生梦死。但对手，一旦挨打，

不会再来。需要勇气活下去。

对于每个被他击倒在碎石路上的对手来说，

确实有更多的混蛋走在地球上。

时时刻刻

他想女儿更漂亮儿子更健壮；他们都有

猫一样的眼睛。即使在晚上能梦到一切。

他的嫡子——他们总在一起——是可怕的：

你不能花整个夏天抓虱子

到最后伤口都未结疤。你可能会说

他没有从树上坠落。小家伙有斗鸡眼

但不是哑巴。他收集烟头并抽它们。

即使可怜的傻瓜经常抽烟，可也有得意之时，

那时他有清晰的视力和女人。他天天吃，

有一个漂亮女孩喂他吃

给他倒酒。直到有一天他意识到

自己的蠢，从那以后，男孩引领着他

穿过公共街道，在清晨过后的上午。

诗艺

男孩意识到树是有生命的。

如果嫩叶强迫自己张开，

残忍地爆裂于光中，硬树皮

必须极端地忍受着。它活在沉默中。

整个世界都覆盖着被光糟蹋的

植物，它们甚至不敢呼吸。

对于男孩来说，微光是来源不明的。

现在是晚上了，每个树干耸立着

背靠着神奇。在这黑暗的时刻。

男孩——有些男人继续做男孩

很久——曾经害怕黑暗，

走在街上，不在意渐暗

暮色中的房子。他低着头听着，

一个遥远的记忆闪现。清空的街道

看起来像弥漫着重度寂静的广场。

一个人可以感觉到他是独处于森林中

那里的树很大。路灯射出

颤抖的光。房子

很炫目，透明的蓝色水汽，

吸引住男孩的目光。远方的寂静

让人屏住呼吸，又在突如其来的光中

放开。这些是男孩的

祖先种下的树。光在当时是诅咒。

而现在有人默默走过去，

穿过透明的圆圈。在街上，没有人

曾经在他们的走动中显露出不安的痛苦，

他们长长的影子蹒跚着。面目紧锁，

眼神里充满悲伤，但没有人抱怨。

整个夜晚，在蓝色的雾里，

他们如同穿越森林般在许多大楼间走动。

改变自我

从早到晚，他看着那个文身，
在他多毛的前胸：文着赤褐色的女人
隐藏在一撮胸毛里，那下面的
部位时而凌乱不堪，她会突然受到惊吓。
日子就这样在诅咒和沉默中逝去。
假如那女人不是文身，而是活的生灵
紧贴在他毛茸茸的胸上，该多好啊！
想到这些，他更为大声地在小房子里哭泣。

哭到声嘶力竭，他静躺在床上伸展着自己。
一个深如海洋的叹息从
体内坚硬的骨头中涌出：他感觉
自己像是躺在甲板上，他在床上休息够了，
就会像普通人一样醒来，跳下床走出去。

身体散发着海水的咸味，汗水在骄阳下挥洒着。

现在对孤单的他来说，这间小房子

实在不够大，它阻碍了他的视野。

他的怀抱张开，他想了解那个女人。

风景素描

他们高举着猪只和着粗布衣服的女孩

穿过街道，滴落的雨水

被风抽打着，落进水洼，每一个水洼

都映照出无力而忧郁的神情，它笑看着云。

在广场的人似乎不再争论了，

他们自我调停，山羊和公猪

在城墙边排成一行，在武器粉碎的地方，

有一棵树盛开着许多坚硬的花朵。

德奥拉的回转

我在街上转身看见那些行人，

想到自己也是一个过路人，也在学着

如何在起床后忘记昨晚的噩梦

像过去一样去外面散步。

我一度全神贯注地投身工作，

我回到家，吸着烟看着窗外

放松自己。我看到的是同样的事物，

我的姿势和面孔也没有改变。空无的秘密

消磨着我的身体，模糊了我的视线

它将死于血液的凝滞

在那里一切都将消失。

我整整在外面待了一个上午，

因为没有任何房子属于我，我只能在街上游荡；

昨晚的恶梦将会离开我；

虽然我害怕独处，但我却想一个人待着。

我要看着那些带着死寂笑容的路人

有人被殴打，但没有仇恨和喊叫；

因为我知道那自古以来的命运——

所有你曾经历的或将要经历的——是在血液中

在血液的流动声中。我皱起眉头

站在大街的中间，独自倾听着来自

血液中的回声，没有别的更多的回声了，

我将会抬起头，继续观望着大街。

习惯

在沥青路边，月亮照耀着

安静的湖面，我的朋友在怀念。

一次意外的不期而遇曾是他所渴求的

这会让他不再孤单。望着月亮，

他感受着夜的气息。不过最新鲜的体验

还是邂逅一个女人，一次短暂的冒险

不确定何时结束。安静的房间里

稍纵即逝的是一个长生不老的愿望

充满心间。那时，在月光下，

他散步回来，感到一种晕眩似的满足。

那时他以自己为伴，

早晨醒来，跳下床来

发现自己的身体充满陈旧的思想。

他喜欢在雨中漫步

或是阳光下行走，他喜欢四处闲看

与人随意地搭讪。他认为

他可以在每一个新的早晨

就换一份新的工作

直到最后一天的到来。

在繁重的劳动之后，他坐着抽烟。

他沉醉于这个独处的时刻。

我的朋友如今老了，想有一个

安身之所，可以在夜里栖息

他不再驻足于大街上望月，

可他还在期待着能够带回

一个温柔而顺从的女人，一直期待着。

我的朋友老了，老是和自己生气。

还是那些匆匆过客，还是那些雨

那些阳光，以及那些乏味的早上。

生活好像不需要再努力。走在月光下，

无人在前路等他，人生好像不值一活。

夏天（二）

这个身材坚挺的女人重新出现
眯细着眼睛，沿着街道散步。
她挥舞着手，直视的目光
落在寂静的街道上。一切记忆都重现了。

那遥远岁月里静止不动的光
使记忆枯萎了，女人扬了一下
她那未曾描过的眉，往昔的风采
又回来了，一只手伸出握着另一只手，
这时的紧张渴望和以前一样。
所有事物都从她那长长的凝视，
她半张的嘴中恢复了色彩与生机。

又是这些往日时光中的渴望，

当整个夏天，静止于此，不可预见的
色彩和热情浮现，在迷离的
双眼的注视下。那种渴望又回来了。
半张着的嘴里没有任何甜蜜
它不能减轻渴望的程度。静止的天空
冷冷地等待着，在那些眼睛的凝视中。

记忆在岁月柔和的光线中
如此平静，它奄奄一息
好像密布于窗口的雾终将消散。
记忆枯萎了。那种紧张的渴望
在她轻轻一碰中再次焕出发夏天的
色彩和热情，在多彩的天空下。
但是，半张的嘴和温顺的目光
只带来了沉重而无情的沉默。

梦

你的身体在尖叫的拥抱中一直发笑
伸手向空气——也许重新发现
别的身体在空气里？这么多的回报
震颤在血管里，在虚无中。即使身体
躺在你身边，在虚无中探寻你。

无聊的游戏是去想总有一天
空气中的温柔抚摸会再现——
突然闪现一个虚无的记忆。你的身体
会醒来在一个早上，在带着
自有温度的爱中，在空寂的曙光之下。
回忆会被你立刻打破，
微笑将会中止。那黎明将会不会再现？

这很酷，空气中的温柔抚摸将会

进入你的身体，进入你的血液中，

你会知道在这个冷淡的时刻，

黎明中的回答是不同以往的震颤，

虚无的震颤。你将会知道

你曾经知道的那些，很久以前，一个身体

躺在你身边。

在虚无充斥的爱中，

你睡得很轻，空气在你上面笑着

满是瞬时的生命。微笑会立刻

进入你惊奇的眼睛，使之放大。

那黎明：在虚无之外到底会不会重现？

熟睡的朋友

现在我们要和熟睡的朋友说些什么？
无力的言词跃居在嘴唇上
它来自最深处的伤痛。我们看着朋友，
他苍白的嘴什么都没有说，
我们要温言细语地和他谈谈。

在黑夜的表面之下
还是有旧日的伤痛侵袭，夜夜如是。
冷漠却生机勃勃，远方的寂静
经受着痛苦像一个沉默的灵魂在黑暗中，
我们的夜谈要悄声细语。

我们将听到黑暗中每一瞬间的滴答
在所有的事物之外，在痛苦的黎明，

突然闪现的尘封往事陷入

死一般的沉默。暗淡的光将会显露

生活中烦乱的一面。每时每刻

都将在沉默中度过。而所经历的这一切

都将在未来被娓娓道来。

冷淡

仇恨的形成就像是热恋，

尽管悲哀，但会任它星火燎原。

它图谋一张脸，图谋肉体，就好像恋爱。

世上的生灵和声音的回响

都消失了，每件事情都令人失望，

所有生命等候一个命令。

日子在痛苦的失神落魄中度过

惹人怜爱的悲苦嗓音再次回荡

我们已流干鲜血。如果优美的

声音再次响起，将枯竭的心灵

重新激荡：曾经它为我激荡过。

但是那身体已经不动弹了。只有爱

可以把它点燃，连着点燃仇恨的焰火。

这世上的所有财产、生灵和声音

不能等同于这些深情燃烧着的

身体和眼睛。这仇恨

会让人在发疯的状态下杀死自己，

每天换一张迥异的脸，一个毁灭的誓言，

不吃不喝地想抓住他们，就像恋爱。

妒忌（二）

老男人白天在田里劳作，在晚上搞
属于他的女人——直到昨天还属于他的女人。
为了讨她欢心，他总是光身躺在地上，
他看着她，等着她躺过来
和他一起躺在黑暗中。她闭着眼睛微笑。

今晚，老男人坐在田地边
他没有清理那些已经超出篱笆的
杂草。在犁沟之间
他神游八方。当有人接近地面之时
大地将展现它的破坏力，
即使是在黑暗中展现。但没有一个活着的女人
还会留在一个男子虚幻的怀抱里。
老男人只知道女人喜欢闭着眼

微笑，等待着，有人趴到她的背上，

他了解那些事，是谁曾趴在这具青春的肉体上

那些记忆中的拥抱纷纷闪现。

老人在黑暗中看不到田里有什么。

他跪下，平趴在地

泥土仿佛是一个知道如何调情的女人。

但躺在黑暗中的女人却不说话。

今晚女人闭着眼睛躺在黑暗中

既不说话也不微笑，从她紧闭的嘴唇

到她苍白的肩头都静止了。她的身体

显示最终她将投入一个男人的怀里：唯一的一个

将可能在占有她之后，让她笑着离开。

觉醒

就连天空都坚持认为，那天不会重现。

从寂寥的窗口喝着

冷空气。还用老方法打开喉咙呼吸

是没用的。正如任何人都知道死亡带来的

震撼但还要活着。过完充满虚幻和遗憾的

夜晚。但是那一天绝不会重现。

空气仍是那么冷，浮动着

前所未有的能量，大量的植物，

和已逝的夏日金黄一起燃烧，

惊讶于充满青春活力的天空。

夏天的每一个变化都将溶解在这飘动的

空气中，恐怖的夜晚结束。

在关于这个夜晚的记忆中，夏天只有

难熬的一天。对我们来说，就这样在当下结束。

空气浮动着，灌进喉咙，
我们很享受地品尝过的模糊的焦虑
绝不会再有了。与今晚有关的遗憾
也不会再有了。从虚无的窗口
品尝冷漠的滋味，夏天在溶解。
新的力量在空旷的天空下等待着我们。

风景（九）

经常在早上，一条船逆行而上
穿过冰冷的水，船的边缘已经磨破。
一直光秃地躺在阳光下的烟雾中，
薄雾笼罩的荒山覆盖着
新绿植物。笨拙的船
有时突然穿过起泡的水。

女孩们用双臂勾在一起应对着突发情况
急速地说着。"你将会看到太阳
如何晒黑我们。"她们的后背暴露在空气中。
有时，她们的目光投向荒山
笑声布满天空。大地变色
八月宽广的天空将使隐藏在
她们素裙下的双腿显露。

云层如花朵般点缀着远处的群山

和如镜的水面。女孩俯身

凝视着水中倒映出的

乱发。她们中的一个害羞地笑着。

其中一人迅速擦掉难闻的汗水

它应该闻起来像露水才是。

猛烈地向前一冲之后，他们放弃桨

让船只是上下地摆动。"你会看到太阳

如何晒黑我们。"朴素的裙子褪到

她们的腿部。其中的一人不能将眼睛

从被太阳烤焦的山上移开

露水准备填满整个天空。

两人

他们躺在床上慵懒地对视着：
筋疲力尽的身体伸出床外，
他一动不动，只有她喘着粗气
颤动着肋骨。他伸出的腿
是骨骼突出和有结疤的。一阵微风
从阳光照耀的街上吹进来，吹到他们身上。

难以捉摸的空气悬浮在沉重的阴影里
使那些散发着快乐和幸福的汗水凝聚
在嘴唇上。对视的目光从两个紧挨的脑袋发出
是那样神似，但他们不再觉得对方的身体
像第一次拥抱时那般激动了。他们不再触摸对方。

她的嘴唇稍微动了一下，但没有开口说话。

她的呼吸变得平稳了，肋骨也停止了颤动
在他长时间的注视下。她转过脸
贴上他的脸，嘴唇对上了嘴唇。
可是他的目光不会在那个阴影下改变。

阴沉而凝重的目光在视线以外
在温甜的呼吸中，在挥汗如雨中，苏醒，
还会残留一丝孤寂。她没有移动身体，
她的身体柔顺而有活力。他的双唇靠近
可是他的目光不会在那个阴影下改变。

房子

他迷瞪着双眼，独自倾听着
那些细微的声响，他感觉到有一阵微风
掠过他的脸，一股清新的气息
从逝去的时光中升起，令人惊叹。

他的耳边突然回荡起他父亲
苍老的声音，他们相处的日子，历历在目
声声在耳，那声音穿透池塘边的绿草
和山上的树木伴随着夜晚一起深沉。

只有他才了解这般低沉的声音，
饱经沧桑，平静的声响升起于
神秘的泉水之上：他畅饮着泉水，
双目紧闭。他觉得一切都不存在了。

这是曾经萦绕在他祖父耳边的

声音，它挑动着他的死穴。

女人那撩人的声音传来

回荡在暮色降临时的门口。

最后的忧伤

组诗一：土地与死亡

黑泥土红泥土

黑泥土红泥土，

你们来自海洋，

海洋本是干燥的原野，

那里有古老的

传说，残酷的煎熬

和石缝里的天竺葵——

你不知道大海产生了

多少传说和土地，

你满是对穷乡

僻壤的回忆，

你有力而温柔的话语，

过时了，因此血丝才会

充盈在你的眼睛里；

你很年轻，像初生的水果

这是记忆中的美好时节

你的呼吸停靠

在八月的天空下，

你眼中的橄榄树

使海水都变甜了，

你活着，活着而且

不再惊讶，

泥土般坚定，

泥土般阴暗，一个

岁月和梦想的研磨者

袒露在月光下

如此熟悉，就像

你母亲的双手，

在火盆上挥动。

你就是一片

你就是一片

被人遗忘的土地。

你从不期望什么，

只有一些暗语

从内心深处涌出

它像结在树枝间的果实。

有一阵风吹向你。

干燥的，死过两次的事物

阻碍了你但它却在风中消散。

这古老的肢体和传说啊。

你在夏日时光中战栗不已。

你像一座山

你像一座山

像一条卵石路

像甘蔗林里的游戏，

你还记得宁静的夜晚

在葡萄园里，

你一言不发。

这是一片安静的地方，

但它却不属于你，

寂静的空气笼罩着

树木和山岭。

这是一片水草肥美之地

你打破寂静，

不再屈服，你有嘴唇

和黑色的眼睛，你像一棵葡萄树。

这是一块希望之地，

什么都不要说。

日子一天天过去

在燃烧的天空下，

你和云朵嬉戏着。

它是一片穷困之地

你知道这一点，

它也将会变成葡萄园。

我会再次找到云

再次找到甘蔗林，声音

如月影般黯淡，

我将找到秘诀

让短暂的生命里的

夜间游戏延长，

让孩童茁壮成长。

甜蜜将弥漫在这些静寂中，

你像一棵破土而出的葡萄树。

你那深藏心间的欲火

被这片热土点燃

变成一堆黑夜中的篝火。

你有一张石头雕刻而成的脸

你有一张石头雕刻而成的脸，

由风化的硬土构成，

你来自于海洋。

你汇聚着一切打量着世界

排斥着污秽

就如同海水一样。在你的心中

沉默的话语在那里

潜藏着。你是黑暗之神。

对于你，黎明也会保持沉默。

你喜欢地球上的这些声音——

提桶落井的扑通，

篝火旁的嘤嗡，

苹果落地的咚咚，

听天由命的嗯嗯

和门槛撞击的嘭嘭，

还有一个男孩的哇哇——

这些事物永远不会消失。

你不是哑巴。你是黑暗之神。

你有一间封闭的地下室，

地面上铺着硬土，

一个进入过其中的

赤脚男孩

将会被永远铭记。

你在那黑暗的房间

他永远记得这一点，

就像在古老的庭院里

黎明终于显露出

它本来的面目。

你不知道山上发生的事

你不知道山上发生的事

有太多的鲜血喷洒。

那么多男人逃走了，

那么多男人扔掉

手中的武器，隐姓埋名。女人

眼睁睁地看着我们离去。

我们当中只有一人

停下来握着拳头，

对着空旷的天空发誓：一定要回来。

其他的人都低着头，沉默着，

如同旁边的墙一般死寂。

现在，他穿着血染的衣服

已恢复本名。一个女人

在山上等着我们。

海水与陆地

海水与陆地

在你的注视下。有一天

你从海上飘来。

那儿有许多树

在你的身边，扩展着生机，

他们还记得你。

芦荟和夹竹桃。

他们的眼睛是闭着的。

海水与陆地

在你的血管里，你的呼吸中。

温暖的风吹起泡沫，

三伏天的幽灵——

你忍受着一切事情。

你有着乡野般

焦躁的嗓音，

哭泣的鹌鹑，

发热的鹅卵石。

乡下是疲倦的，

乡下是悲伤的。

当夜晚降临

农民仍然疲倦而悲伤。

你拥有一个最伟大的

疲倦的饕餮之夜。

就像石头和青草，

像地球一样，你是封闭的；

你摇晃起来像大海。

没有什么可说的

哪个能主宰

或阻止你。你收集

耕作土地时造成的伤口，

给予他们生命，爱抚着，

呼吸着，沉默着。

你的焦渴像海般汹涌，

像一条搁浅的鱼，

你没有什么要说的

也没有人对你说什么。

你始终来自海洋

你始终来自海洋，

你有大海一般嘶哑的嗓音，

你一直用神秘的眼睛看着

水在荆棘丛中流动着，

低下的前额接近于

低沉而浑浊的天空。

每当你再次经历这个

就像发生了一件古老

而野蛮的事件，你的心

一直都明白，它想关闭。

每一次的悲痛，

每一次的死亡。

我们总是争论。

无论是谁选择了伤害

都有死亡的气味

和流血的道路。

像善良的敌人

他们放下他们的仇恨

我们有相同的

嗓音，同样的痛苦，

我们面对面

在荒芜的天空下。

在我们之间没有诱骗，

没有无意义的事，

我们将一直战斗。

我们将继续战斗，

我们会一直战斗，

因为我们寻求一起经历

睡眠般的死亡。

我们嘶哑的声音，

低垂的前额和疯狂，

以及一个匹配的天空。

我们为了这个而战斗。

如果你或我在战斗中投降

一个漫长的夜晚到来，

那不是和平或停火

不是真正的死亡。

你活不长了。手臂

徒劳地挣扎。

直到我们的心动摇。

他们说出你的名字。

死亡再一次开始。

未知的事情是疯狂的，

你在大海中重生。

就在那时，我们这些懦夫

就在那时，我们这些懦夫

喜欢躲在那些房间里

窃窃私语，传播真理，

在河的两岸，

肮脏的红光照亮着

那些地方，有一种快乐

却带着无声的悲伤——

在沉默中

我们伸出双手

挣脱出生活的锁链，

但我们的心

通过流血触动着我们，

在无法获得更多的快乐以后，

我们不会在河边迷失自我——
不再是奴隶，我们知道
我们是孤独活着的个体。

你将回归大地，走向死亡

你将回归大地，走向死亡。

你的死期将会是漆黑一片

和静默无声的。那里不会有

活着的生命体比你

离黎明的距离更遥远。

当你似乎从梦中醒来

你只剩下些许悲伤，

悲伤就在你的眼睛里和血管中，

但你已经没有任何感觉。

你像一块顽石般活着，

像坚硬的大地般活着。

梦境已经完全笼罩了你

在你的唏嘘感叹中，你说，

你不了解自己。悲伤的湖水
围绕着你，抖动不止。
这层层的涟漪，像个旋涡。
你将让自己消失在那里面。
你将回归大地，走向死亡。

组诗二：给 T 的两首诗

湖边的树

一个上午的时间

你都在看那些湖边的树。

卵石路上的山羊

在其他时间流出的汗

像湖中的水。

悲痛和每天的喧闹

不会令湖水掀起任何波澜。

时间会过去的，

悲伤也会过去的，

其他的石头和汗水

进入你的血管里折磨你

这将不会持续太久。

你将会再次解决这些难题。

你将在另一个上午归来

那时，你将不再悲痛，

可你仍将独自一人走在湖边。

你一直爱着

你一直爱着。

鲜血和泥土造出了你

像其他人一样。你走了

却好像从未走出过

这间房子的门。

你看起来好像是在等待着什么

却不曾等到。你的痛苦

深沉犹如我们脚下的大地。

对这些，你已感到厌倦和疲惫，

你想诉说，可又不能——

因为生活在向前进

等待也在继续。爱就在你的

血管中，别的地方不会有。

组诗三：死神将会来临，取走你的眼睛

你，嫣然一笑

你，

嫣然的一笑

凝固在风雪的

三月里，此刻

连树枝都在雪地上

欢快地跳着芭蕾舞，

风继续吹，雪仍在下，

你小声唤着

白鹿，

天哪

我将知道什么？

然而，

你整个人生

都悄无声息地流逝着，

你的生活中充满了

许多美丽的泡沫，

但到了明天，一切

都将冻结在荒野之上——

那时，你嫣然一笑，

那时，你仰天长笑。

你总是在清晨归来

黎明时的微弱气息

从你的嘴巴里呼出

发散到空荡荡的街道两端。

你的眼前一片暗淡。

黎明的芬芳滴落在

黑暗的群山。

你的脚步声和呼气声

好像是黎明时的风

氤氲在房间里。

城市战栗,

石头发声:

你是一个生命,在觉醒。

星星迷失了

迷失在晨光中，

微风颤动着

带来温暖，瞬息间

夜晚结束了。

你就是光明，你就是清晨。

你的鲜血，你的气息

你的鲜血，你的气息。

你的肉体，

你的头发，你的眼神构成了你，

你是一切，一切是你。

你是大地，你是树木，

你是三月的天空，在阳光下，

他们激动地模仿着你——

你的微笑，你的足迹

如波动的湖水——

你的眼睛之间的皱纹

像凝结的云朵——

你轻柔的身体

被太阳化为一块肥料。

你的鲜血，你的气息。

你生活在这片土地。

你熟悉它的味道，

四季变换，

你在阳光下玩耍，

你对我们训话。

清澈的雨水，萌发着

春天的新苗，大地，

暗中慢慢成长。

像孩子般，你玩耍

在不同的天空下，

你的眼里满含沉默，

一朵云升起

如同春天从深处萌发。

现在你笑着越过

这些沉默。

甜蜜的水果生长在

晴朗的天空下，

这个季节我们

呼吸着生活着。

你的那些秘密的沉默

其实是你的力量所在。

就像飘在空中的蒲公英，

你放声大笑。

但是你啊，你是大地。

你是残酷的根源。

你是希望之地。

死神将会来临，取走你的眼睛

死神将会来临，取走你的眼睛。

这死神跟随着我们

从早到晚，一刻也不停歇，

它充耳不闻痛苦的叫喊

它就像旧日的憾事

或曾犯下的过错

追讨着我们。它将使你所有的见解

化为一句空话，一段沉默的

哭泣，一片无声的寂静。

当你每天早晨醒来

独自一人俯看镜中

你就会看见这些：

空话、哭泣和寂静。

哦，难能可贵的希望啊，

到了那一天我们也将会知道
你的生命是虚无的。

死神关注着每一个人，时机一到
它就会降临身旁，取走你的眼睛。
到那时似乎就不再有罪恶了，
我们还将会看到一张死人的脸
在镜子里再次显现，一切都好像
听命于紧闭的双唇的吩咐。
而我们也将会一声不吭地堕入深渊。

是你呀，三月的风

你是一个生命，因此你会死亡。

你来到三月里

光秃的土地——

你的身体持续发抖。

鲜艳的春天

——满是银莲花或彤云——

你轻盈的脚步

践踏着土地

悲伤再次侵袭。

你轻盈的脚步

带着那些复发的悲伤。

土地荒凉

在贫瘠的天空下，

静止，凝固于

一个迷糊的梦中

在那里，任何人都不再受苦。

而在内心深处

甚至寒冷也带着甜蜜。

在生与死之间

希望保持沉默。

如今每一个活着的东西

都有主张和热血。

如今大地和天空

都剧烈颤抖

备受折磨，因为希望，

在清晨时刻覆灭，

您的脚步，和你稚嫩的气息

充斥其间。

鲜艳的春天，

整个地球都在颤抖

这是一种古老的震颤。

你带着复发的悲哀。

您是一个生命，因此你会死亡。

赤裸的土地

你轻轻走过

像燕子更像流云，

而心之洪流重新

激荡并迸发而出。

就在天空中展现

随着那再次出现的许多事物。

空中的事物和心中的洪流

忍受着痛苦

在他们等待你之时。

在上午，也在黎明，

鲜艳的春天，

你践踏着土地。

希望翻腾着，

等待着你，呼唤着你。

您是一个生命，因此你会死亡。

你的脚步如此轻盈。

我经过西班牙广场

头上的天空明净

脚下的街道敞开

比街道更高的

是那布满松石的丘陵。

没有喧闹的街道会

改变这里暧昧的气氛。

娇艳欲滴的花儿

开在喷泉旁边

它看起来就像带着

美人的笑容。

露天台阶上的燕子

在太阳下歌唱。

街道敞开着,

连石头都会唱歌,

心一直跳动着，跳跃着

就像喷涌而出的泉水——

这时传来

你迈上台阶的脚步声。

从窗外飘进

石头和清晨的

气息。门就要打开了。

街道喧嚣，

心灵震颤，

而光在闪烁。

那时你就会出现——

如此坚定而

又如此纯净的你。

这些清晨如此清新

这些清晨如此清新

如此空寂。正如你的眼睛

一睁开时看到的那样。这个清晨

悄然流逝着，它漩进

静止不动的光里。保持沉默。

你安静地生活着：一切生灵

就在你的注视下展现生机

（没有痛苦没有激动没有忧愁）

如同一滴清晨时候的清澈海水。

你在清晨，走在那些光线中，

变成了一道光。你知道您将获得新生，

其他的一切事物也都会如是。

把你唤醒，接着我们大口呼气

在天空下，我们一直待在那里。

没有痛苦以后，也就没有激动，

也不会有在不同的日子里

难以忍受的忧愁。空中的光圈，

遥远却清晰可见，烦人的气氛，你转过身来

用你那依然清澈的眼睛凝视着我们。

这个正在流逝的清晨忽然暗淡

你的眼前没有闪现任何光芒。

那天晚上你睡着了

那天晚上你还是那样，
很久以前的晚上，你默默地
流着眼泪，痛彻心扉
暗淡的流星闪过。
这张脸贴上另一张冷得
发抖的脸，关于命运，有人
抗争，有人哀求，而你却在
你的狂热中迷失了自己。

难熬的夜晚，你渴望着黎明，
你那可怜的心仿佛要跳出来。
噢，你紧绷的脸上，
充满对黑暗的恐惧，
狂热让星光暗淡，

像另一个等待黎明的你

终于在寂静中看清自己的脸。

你终于在晚上躺了下来

像躺在封闭死寂的天边。

你那可怜的心仿佛要跳出来,

漫长的一天结束之后,

你将会迎来黎明。

那些猫儿会知道

雨将再次落在

你要走过的平滑小道。

细雨好像是在

呼吸或轻舞。

黎明时的微风

将再次吹起

就在你归来之时，

风仿佛就在你的脚下。

在花盆和窗台之间的

那些猫儿会知道。

在另外一些日子，

你听到别的声音。

你将独自微笑。

那些猫儿会知道。
你将听到那些故事
陈旧乏味无意义
就像在昨日聚会之后
被丢弃的礼服。

你将会伸手召唤
你将会回应他的叫声——
面对春天，
你将会伸手召唤。

那些猫儿会知道，
面对春天；
伴着一阵细雨
在风信子弥漫的黎明
他的心备受煎熬
对你没有更多的希望——
他们有可怜的笑容
而你只对自己微笑。

在另外一些日子，

这些声音将继续。

面对春天，

我们将在清晨时分备受折磨。

最后的忧伤，总有一天你会读懂

你一定知道

我有点轻率——

很久以前

我受过伤害。

一切如昨

时光流逝——

你来之日

你死之时。

很久之前

我心已死——

试过去爱

但不解风情。

帕韦泽年表

1908　9月9日出生在都灵附近的圣斯特凡诺地区的贝尔
　　　博山谷。

1914　父亲去世。由于姐姐生病,帕韦泽一整年的时间待
　　　在圣斯特凡诺地区,上本地学校。

1918　母亲卖掉在圣斯特凡诺地区的农场,然后在雷吉利
　　　买了一栋夏天避暑用的房子。

1930　以沃尔特·惠特曼为题的论文获得都灵大学的学位。
　　　母亲去世。

1931　翻译美国作家辛克莱·刘易斯的《我们的雷恩先
　　　生》。

1932　翻译麦尔维尔的《白鲸》和舍伍德·安德森的《暗
　　　笑》。

1933　朱里奥·埃诺迪出版社创办。
　　　帕韦泽向埃诺迪旗下的评论性杂志《文化》投稿。

1934　莱奥内·金兹伯格因秘密参与地下杂志《正义与自由》的活动而被捕。

　　　帕韦泽接手《文化》的编辑工作。

　　　翻译乔伊斯的《一个青年艺术家的肖像》。

1935　因与政治犯通信，先被捕，后流放至卡拉布里亚地区的布兰卡莱奥内村十个月。

　　　翻译多斯·帕索斯的《北纬42度》。

1936　回到都灵。在朱里奥·埃诺迪出版社工作。出版诗集《艰难之活》

1938　翻译笛福的《摩尔·弗兰德斯》。

1939　翻译狄更斯的《大卫·科波菲尔》。

1940　翻译格特鲁德·斯泰因的《三种生活》和麦尔维尔《本尼托·塞雷诺》。

1941　出版《你的家乡》(小说)。

1942　翻译福克纳的《村子》。

　　　出版《海滩》(小说)。

1943　短暂担任埃诺迪出版社罗马编辑部主任，重返都灵，搬到塞拉伦加。

1944　整年待在塞拉伦加。

1945　担任埃诺迪出版社都灵编辑部主任，加入意大利共产党。

1946　发表短篇小说集《八月的假日》。

1947　发表《和莱乌科的谈话》(对话录)。

　　　发表《同志》(小说)。

1949　发表小说集《鸡鸣之前》，包括《山上的小屋》和《政治犯》两篇小说。

　　　发表小说集《美好的夏天》，包括《美好的夏天》、《群山中的魔鬼》和《在单身女人们中间》三篇小说。

1950　发表《月亮与篝火》(小说)。获得斯特雷加奖。

　　　8 月 27 日，自杀。

1951　诗集《死神将会来临，取走你的眼睛》出版。

　　　文学评论集《美国文学和其他》出版。

1952　《生活的本领：日记 1935—1950》出版。

1953　短篇小说集《派对之夜》出版。

1959　未完成的小说《大火》由比安卡·加鲁菲收集整理出版。

1960　《小说全集》出版。

1961　《诗全集》出版。

1966　《书信集》出版。

图书在版编目（CIP）数据

艰难之活：切萨雷·帕韦泽诗全集／（意）帕韦泽
著；江鑫鑫译 . —杭州：浙江大学出版社，2015. 12
ISBN 978-7-308-15329-4

Ⅰ.①艰… Ⅱ.①帕… ②江… Ⅲ.①诗集—意大利
—现代 Ⅳ.①I546.25

中国版本图书馆CIP数据核字（2015）第269318号

艰难之活：切萨雷·帕韦泽诗全集
[意] 切萨雷·帕韦泽 著　江鑫鑫 译

责任编辑	王志毅
文字编辑	赵　波
责任校对	王　雪
装帧设计	周伟伟
出版发行	浙江大学出版社
	（杭州天目山路148号　邮政编码310007）
	（网址：http://www.zjupress.com）
制　作	北京大观世纪文化传媒有限公司
印　刷	北京中科印刷有限公司
开　本	880mm×1230mm　1/32
印　张	11
字　数	110千
版印次	2015年12月第1版　2015年12月第1次印刷
书　号	ISBN 978-7-308-15329-4
定　价	39.00元